Ah, oi, pessoal! Quase não vi vocês aí. Sou a June Del Toro, a estrela deste livro, diretamente de Os Últimos Jovens da Terra, também conhecidos como a galera mais descolada do apocalipse zumbi dos monstros.

Vamos pra uma introdução rápida antes da minha aventura super irada...

Aqui temos o Dirk Savage, provavelmente o maior e mais forte aluno da sétima série que você já conheceu. Mas, por trás desse seu exterior superforte, ele é só um ursinho de pelúcia macio que adora jardinagem e filmes antigos de faroeste. Sério, não tô brincando.

Isso, papo sério.

o mundo é

rio, pessoal.

Claro que é. Valeu, amigão!

E este é Quint Baker, nosso cientista e inventor extraordinário.

Quint Baker... nossa, é um nome que não ouço desde...

SEM.

Referência

a Guerra nas Estrelas.

Meu livro, minhas regras. Quint pode muito bem criar qualquer engenhoca pós-apocalíptica para nos ajudar a combater monstros e zumbis do mal. A gente simplesmente ia estar perdido sem ele. E também é um jogador de primeira linha. Melhor do que o Jack Sullivan...

E falando nele...

Ah. Deixa pra lá!

Ei!

Próximo!

Skaelka é uma de nossos amigos monstros. Mas não deixe que essa carinha adorável engane você, ela é uma guerreira feroz que vai aproveitar qualquer oportunidade pra decapitar algo com seu machado notório.

... ACHO QUE É VERDADE, SOU INEGAVELMENTE ADORÁVEL.

O QUE VOCÊ TÁ OLHANDO?

UGH!! E este é o Thrul. Acho que você já deve conhecê-lo. Ele é o PIOR. Um monstro trabalhando como um servo interdimensional do Rezzoch, o Antigo, o Destruidor de Mundos, que está ajudando a trazê-lo pra Terra, para que ele assuma o controle do nosso mundo. Então, nada grande, né?

AH, É UMA GRANDE APOSTA, SIM.

Putz.

Isso cobre tudo. Você vai conhecer alguns dos nossos outros amigos monstros (e inimigos) ao longo do caminho e vai entender toda a história até agora. Além disso, haverá um ou dois encontros com zumbis... Vai ser um passeio alucinante!
Já tá na minha hora?
Ainda **não**. Página oito, Globlet.
Bom, bom, bom!
Que é isso? Introdução?
Chega, **tchau**! Enfim...
Apertem os cintos, respirem fundo e vamos nessa!

OS ÚLTIMOS JOVENS DA TERRA
A AVENTURA DA JUNE

> Ei, espera aí. A June vai ter o próprio livro antes da gente? Por quê?

> Cara, ninguém quer ler sobre o seu jardim de vegetais.

MAX BRALLIER & DOUGLAS HOLGATE

Tradução Cassius Medauar

MILK SHAKESPEARE

COPYRIGHT © 2020 BY MAX BRALLIER

ILLUSTRATIONS COPYRIGHT © 2020 BY DOUGLAS HOLGATE

PENGUIN SUPPORTS COPYRIGHT. COPYRIGHT FUELS CREATIVITY, ENCOURAGES DIVERSE VOICES, PROMOTES FREE SPEECH, AND CREATES A VIBRANT CULTURE. THANK YOU FOR BUYING AN AUTHORIZED EDITION OF THIS BOOK AND FOR COMPLYING WITH COPYRIGHT LAWS BY NOT REPRODUCING, SCANNING, OR DISTRIBUTING ANY PART OF IT IN ANY FORM WITHOUT PERMISSION. YOU ARE SUPPORTING WRITERS AND ALLOWING PENGUIN TO CONTINUE TO PUBLISH BOOKS FOR EVERY READER.

COPYRIGHT © FARO EDITORIAL, 2021

Todos os direitos reservados.
Nenhuma parte deste livro pode ser reproduzida sob quaisquer meios existentes sem autorização por escrito do editor.

Milkshakespeare é um selo da Faro Editorial.

Diretor editorial: **PEDRO ALMEIDA**

Coordenação editorial: **CARLA SACRATO**

Preparação: **DANIELA TOLEDO**

Revisão: **GABRIELA DE AVILA**

Capa e design originais: **JIM HOOVER**

Adaptação de capa e diagramação: **CRISTIANE SAAVEDRA**

Dados Internacionais de Catalogação na Publicação (CIP)
Angélica Ilacqua CRB-8/7057

Brallier, Max
　Os últimos jovens da terra : a aventura da June / Max Brallier, Douglas Holgate ; tradução de Cassius Medauar. — São Paulo : Faro Editorial, 2021.
　272 p. : il.

　ISBN 978-65-5957-080-5
　Título original: The last kids on earth : June's wild flight

　1. Literatura infantojuvenil I. Título II. Holgate, Douglas III. Medauar, Cassius

21-3927　　　　　　　　　　　　　　　　　　　　CDD 028.5

Índice para catálogo sistemático:
1. Literatura infantojuvenil

FARO EDITORIAL

1ª edição brasileira: 2021
Direitos de edição em língua portuguesa, para o Brasil, adquiridos por FARO EDITORIAL

Avenida Andrômeda, 885 – Sala 310
Alphaville – Barueri – SP – Brasil
CEP: 06473-000
WWW.FAROEDITORIAL.COM.BR

Para Sally e Ruby.
—M. B.

Para Harriet, Philippa, Sakura, Elodie, Lilly e Maggie. A gangue de garotas mais legal que eu conheço!
—D. H.

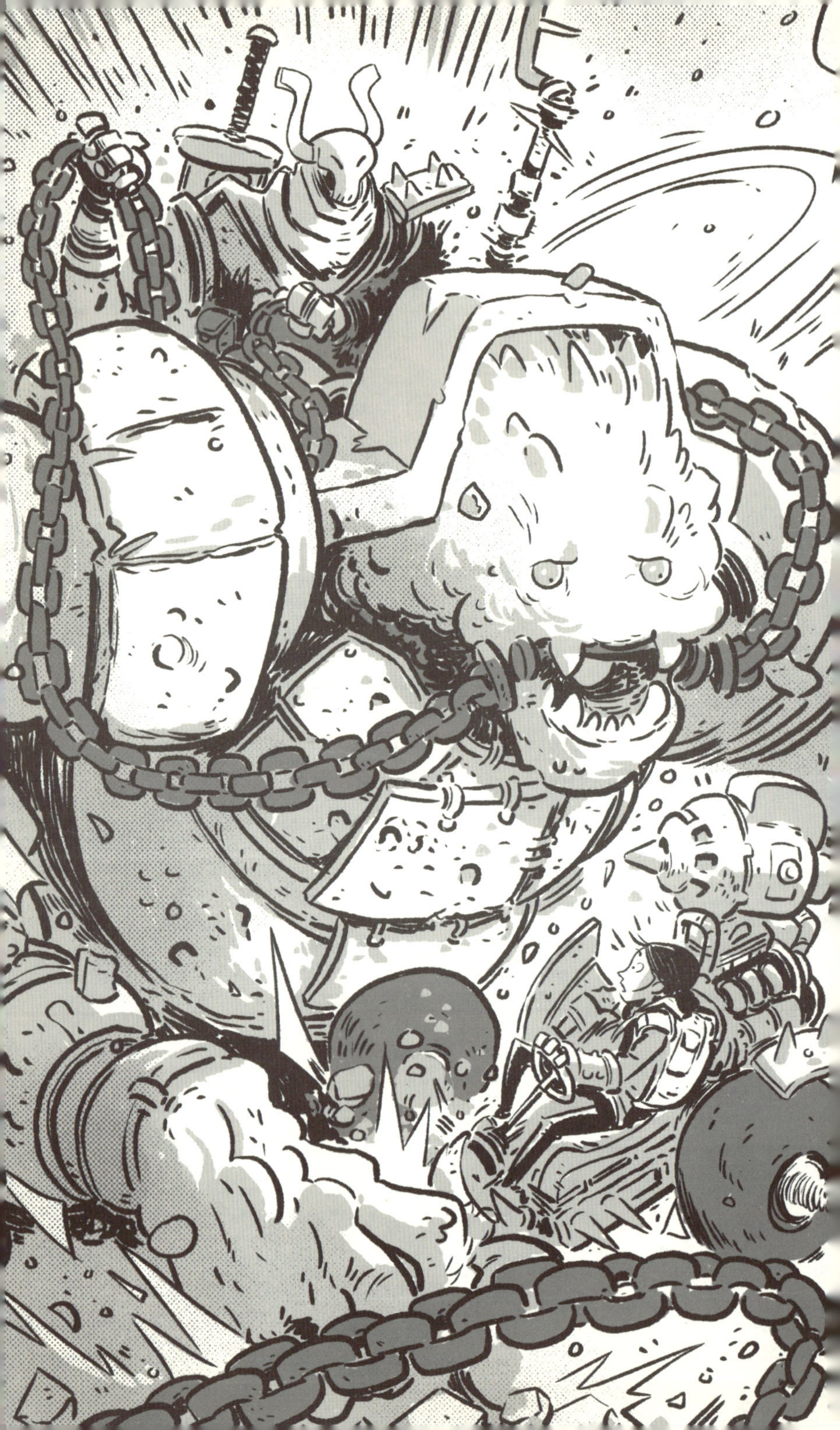

Capítulo Um

Sou eu.

Não o Ogro gigante.

Debaixo do Ogro gigante. A garota no banco do motorista do enorme carrinho de bate-bate. A lendária garota heroica prestes a ser devorada.

Meu nome é June Del Toro e tive uma vida boa, enquanto ela durou.

Por um tempo, eu fui famosa por ter sido a primeira aluna da sexta série a ser editora-chefe do jornal da escola.

Claro, isso foi antes do Apocalipse dos Monstros... Hoje em dia, não tem mais escola, não tem mais jornal, não tem mais um monte de coisas.

Agora, sou famosa por ser a garota mais corajosa do pedaço. (Para ficar claro, não é uma grande conquista: eu sou a *única* garota do pedaço).

Você quer uma prova dessa coragem? Eu sempre luto contra as bestas malignas, enfrento as hordas de zumbis e faço picadinho dos monstros malignos.

E aqui está a cereja do bolo: eu moro numa casa na árvore com três meninos.

Sim. É bem nojento.

Mas geralmente é bem legal, porque eles também são os meus melhores amigos em todo o mundo: Jack Sullivan, Quint Baker e Dirk Savage.

E a gente tem um bando de amigos monstros do bem que moram na pizzaria ao lado. Passamos a maior parte do nosso tempo competindo em batalhas de brincadeira, rodando por aí na nossa caminhonete pós-apocalíptica e fazendo competições de comer sanduíche de chocolate.

Além disso tudo, nós também lutamos contra as forças do mal que estão tentando dominar o nosso mundo. E, sim, caso você esteja se perguntando, isso acontece muito.

Como eu disse, tem sido uma vida muito boa.

Eu vi, fiz e comi mais coisas estranhas do que, tipo, umas noventa crianças da minha idade.

Mas nem tudo é perfeito.

Sinto falta dos meus pais... Embora esteja tudo bem, porque sei que eles estão vivos em algum lugar. E eu sinto falta de divulgar grandes notícias na escola.

A outra parte não tão perfeita?

Um monstro malvado e louco por poder chamado Thrull está montando um exército de soldados esqueletos para construir algo chamado *Torre*. É parte do seu plano invocar o mal supremo e definitivo: Ṛeżżőcħ, o Antigo, o Destruidor de Mundos.

Entãããão... é isso.

Essa parte é péssima.

Mas não tão ruim quanto ser COMIDA POR UM MONSTRO GIGANTE. QUE É O QUE ESTÁ PRESTES A ACONTECER!

Então, quer saber de uma coisa? Com os segundos restantes antes de eu ser engolida, me deixa...

EXPLICAR COMO CHEGUEI AQUI!

Fiquei sozinha no centro da velha Pista de Patinação, tensa e alerta, pronta para a ação.

SETE MINUTOS ANTES...

Vamos nessa.

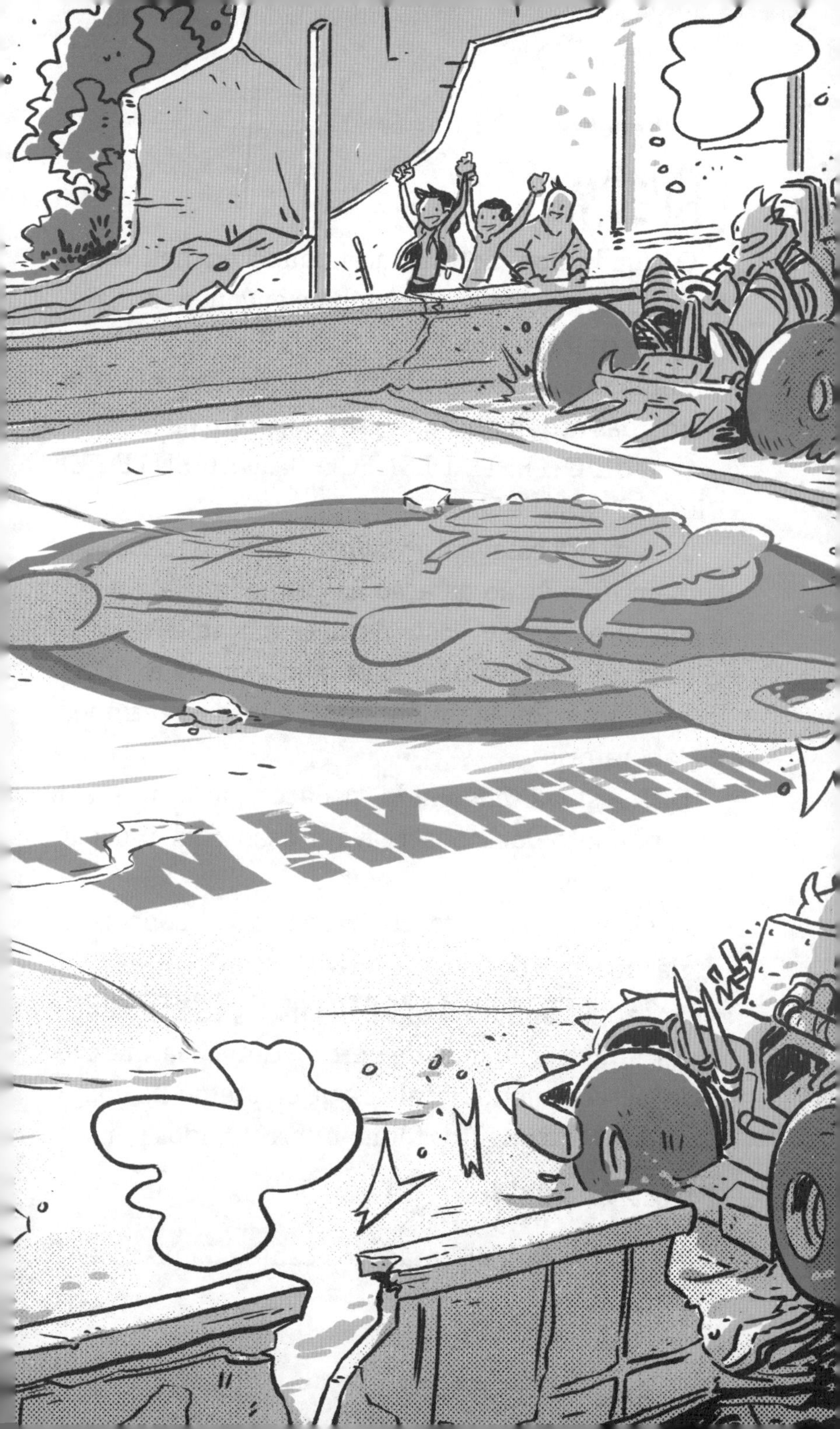
WAKEFIELD

De repente...

VRUUUM!

O rugido dos motores acelerando encheu o ar... Uma dúzia de carros de bate-bate envenenados, feitos para os monstros.

Então, ouvi o barulho de retorno do microfone. Era Quint, nas arquibancadas, gritando num megafone:

— QUE O TESTE DESNECESSARIAMENTE PERIGOSO COMECE!

Jack e Dirk estavam ao lado do Quint, e todos eles tinham uma visão da ação na primeira fila. Eu era a cobaia para esse "teste desnecessariamente perigoso", o que estava bom para mim, porque foi ideia minha, pra começar. Além disso, adoro os ratinhos de laboratório.

Dirk estava engolindo pedaços de carne seca, enquanto Jack observava a ação com um par de binóculos.

Se eu estivesse escrevendo uma notícia sobre isso, daria um título como: pista de patinação local, casa da diversão; **A CORAJOSA GAROTA COBAIA CONTA TUDO.**

Eu estava acabando de perceber que "Garota Cobaia" parecia menos legal do que eu pretendia quando meus pensamentos foram interrompidos por...

SCREEEECH!

Pneus cantando! Então, dos cantos da pista, eles vieram.

Monstros.

O que parece ruim.

Mas que é apenas meio ruim.

São nossos monstros *amigos*. Então, essa é a parte boa.

Mas com a instrução de passarem por cima de mim. Essa é a parte *ruim*.

Me preparei. Quarenta monstros montados em quarenta carros vindo *rugindo pra cima de mim*...

O PRIMEIRO QUE DERROTAR A HUMANA JUNE SERÁ O VENCEDOR!

E o segundo que a derrotar será um imitador.

Os monstros estavam batendo e detonando uns aos outros. Dois carros giraram sem controle e outro quase capotou.

E eu estava lá parada, esperando. Meu coração batia tão rápido que parecia que havia um motor no meu peito.

Fern era a pessoa mais próxima de onde eu estava, então Skaelka BATEU com seu carro nela! Fern gritou quando seu veículo girou. Skaelka gargalhou.

— Agora estou ganhando! — E disparou na minha direção.

— WHEE! — gritou Globlet do banco do passageiro de Skaelka. Globlet é muito pequena para dirigir, mas ela não queria ficar de fora.

—Globlet—

Parece uma bola de massinha.

Isso é mais divertido do que quando fui a bolinha de pingue-pongue no Campeonato Definitivo de Pingue-Pongue do Jack e do Dirk!

É fofa.

Mora na gaveta de salame da Pizza do Joe.

— Vamos lá — murmurei enquanto a ação se aproximava cada vez mais de mim. — Vamos lá.

— June! — Quint gritou. — Puxa o cabo para ligar! Na sua mochila!

Não, pensei. *Ainda não*.

— June! — Jack gritou, parecendo um pouco em pânico. — Se você está tentando se exibir, NÃO FAÇA ISSO! Eu sou o exibido! E sempre que faço isso é calculado... E eu nem sou tão bom ainda!

Olhei nos olhos do Jack por um segundo. Ele parecia pronto para sair correndo e se juntar a mim. Eu dei uma sacudida rápida de cabeça.

Ainda não.

Isso ia funcionar. Eu sabia.

Uma dúzia de monstros estava avançando. Eu podia ver o brilho do machado de Skaelka pendurado em seu ombro. Logo eu sentiria o calor da sua respiração.

Nas arquibancadas, Quint estava pirando.

— JUNE! ISSO NÃO ESTÁ DE ACORDO COM O PLANO!

Mas eu não me mexi.

Porque não queria que as coisas acontecessem "de acordo com o plano".

E aqui está o porquê: para evitar que a nossa dimensão caia nas mãos do mal supremo, precisamos derrotar Thrull e parar a Torre.

E, para isso, vamos ter que nos aventurar no desconhecido. E tenho certeza de que lá fora, no desconhecido, as coisas nem sempre vão acontecer "de acordo com o plano".

Então, vamos precisar estar prontos para improvisar. Para lidar com o inesperado.

É por isso que esperei até o último momento possível.

Skaelka estava quase em cima de mim. E, sim, Skaelka é minha amiga, mas ela também é uma guerreira feroz e tenho certeza de que não perderia uma brincadeira de combate por minha causa.

Mas ainda assim, eu não pisquei.

Eu via tudo com a sensação de câmera lenta.

Eu vi o Dirk, nas arquibancadas, seu pedaço de carne seca esquecida, lábios pressionados numa linha firme. Eu vi o Rover ao lado dele, enterrando a cabeça nas patas. Eu vi o Jack, de boca aberta, dizendo a mesma coisa que eu ao mesmo tempo...

— *Agora!*

Capítulo Dois

Puxei o cordão na minha mochila, que soltou sons altos de...

SNAP!

PUUM!

   O topo da mochila explodiu e um escudo de *metal* saiu dela, imediatamente se desenrolando, uma coisa mecânica oscilante, peças se conectando, até que formou um escudo de meia-lua em cima do meu antebraço.
   Balancei o escudo *assim* que o carro de Skaelka estava sobre mim, e...

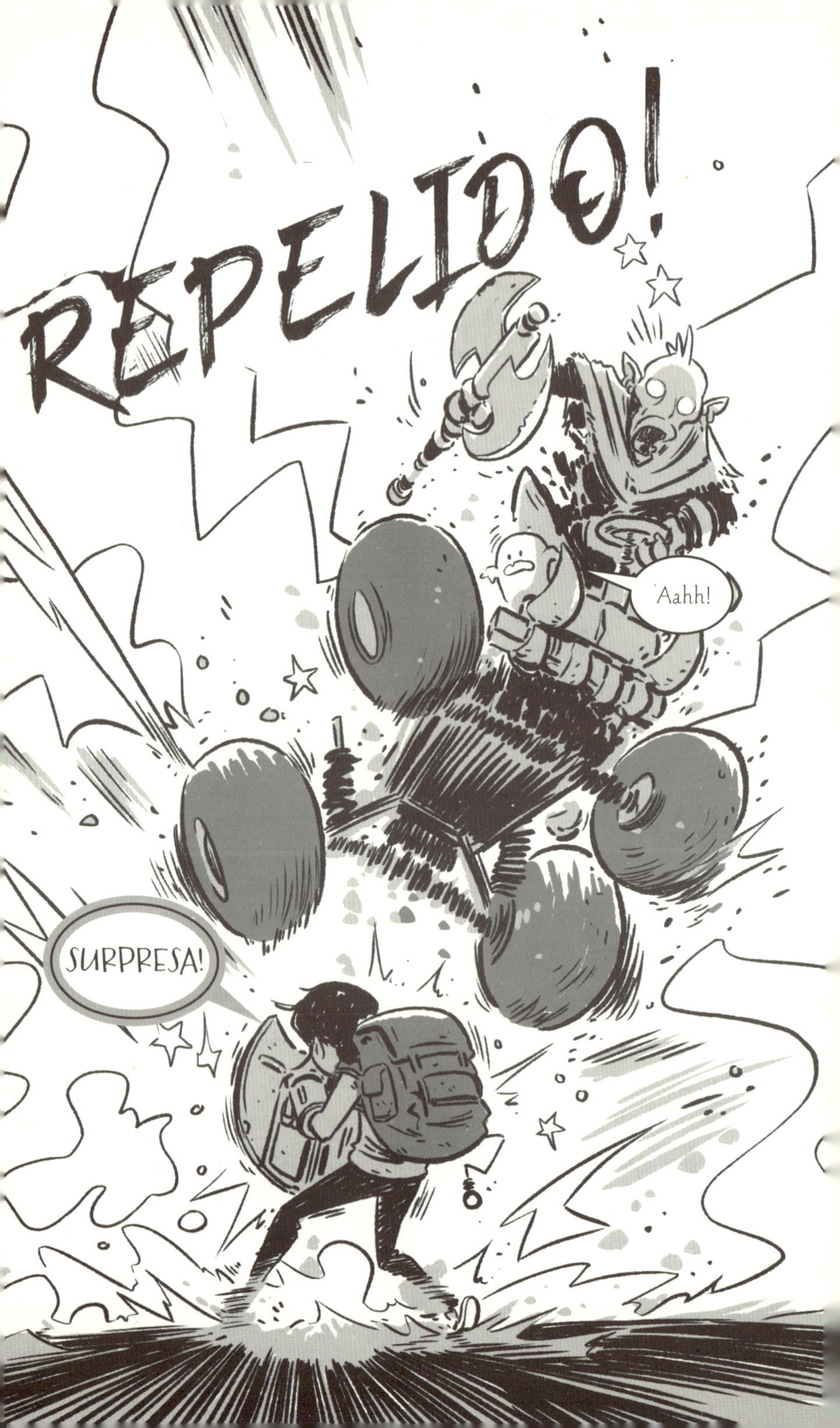
REPELIDO!
Aahh!
SURPRESA!

— FUNCIONOU! — exclamei, ofegante e sorrindo. — O ESCUDO SURPRESA FUNCIONOU!

E, tipo, eu sabia que funcionaria. Mas, por outro lado, CARAMBA, NÃO CONSIGO ACREDITAR QUE FUNCIONOU e, CARA, NOSSA, foi por muito pouco.

VRUUUUUM!

Eu não podia perder o foco. Girando de volta, vi o próximo carro quase em cima de mim. Bati o escudo no chão enquanto caia sobre um joelho, e...

KLANG!

O carro atingiu o escudo e subiu, passando direto sobre a minha cabeça!

— Isso! — Jack gritou, saltando por cima da grade para a pista. — Estou chegando!

Dirk se atirou na arena atrás dele e Quint o seguiu.

— Vocês não conseguem mesmo ficar de fora, hein? — gritei.

— De jeito nenhum você vai se divertir sem a gente! — Dirk grunhiu enquanto derrapava até parar ao meu lado. Cada um dos meus amigos carregava escudos, embora os deles não fossem capazes de surgir quando necessário como o meu... Pelo menos por enquanto.

— Vamos precisar de mais do que escudos para encontrar a Torre — falei.

— Você quer dizer *destruir* a Torre — Jack retrucou.

— Hã, pessoal — Quint comentou. — Temos que *encontrar* a Torre para destrui-la...

— Então temos que encontrar o Thrull, né? — Dirk grunhiu.

Concordei com a cabeça. Ele tinha razão. A gente nem sabia...

SCRIIIIIIIIIII!!!

Um grito agudo de monstro! Girei bem a tempo de ver algo *invadindo* a arena.

Algo bem veloz...

— O que é essa coisa? — gritei, me abaixando.
— Parecia um foguete vivo! — Jack gritou.

A criatura era apenas um borrão veloz, como uma abelha presa num vidro, ricocheteando de um lado ao outro da pista.

E então uma batida. E um desmoronamento.

E Skaelka gritando uma palavra que eu nunca tinha ouvido antes:

— RIFTERS!

RIFTERS! MONTADOS EM OGROS.

Capacetes Daora.

Ogros terríveis como transporte.

Olhos brilhantes

Capítulo Três

— RIFTERS! — Skaelka gritou novamente.
— TODO MUNDO! PREPAREM AS ARMAS! TEMOS RIFTERS AQUI!

Eu gritei:

— Rifters? Nunca ouvi falar de Rifters!

— Quint! — Jack gritou, sacudindo nosso amigo pelos ombros. — O que é um Rifter? Me fala sobre os Rifters!

— Não sei, Jack! — Quint respondeu. — Eu não sei de tudo!

— Ei, camaradas monstros! — Dirk rosnou quando um Ogro passou pisando forte. — Precisamos de informações aqui!

Só então nossa amiga voadora Fern passou voando. E rapidamente nos deu a informação...

RUFIÕES!
BANDIDOS!
LADRÕES!
BANDOLEIROS!

— Aah, tipo piratas? — Jack falou. — Eu adoro piratas!

De repente, uma flecha de metal torta veio assobiando pelo ar! Eu *derrubei* o Jack um instante antes que a flecha o acertasse.

— Deixa pra lá. Odeio piratas — Jack resmungou quando...

VOOSH!

Uma criatura passou voando pela gente. Mais três flechas atingiram o solo em seu rastro. Observei um Ogro passar tremendo o chão... E vi o Rifter montado nele, enfiando às pressas mais flechas numa besta enferrujada e respingada de tinta.

— Não acho que esses Rifters se importam com a gente — falei. — Eles estão hiper concentrados naquela criatura cor de neon.

A criatura borrada estava voando em zigue-zague como um fliperama! Ela fez uma curva impossivelmente acentuada, fazendo com que o Ogro perseguidor escorregasse, e o Rifter em cima dele gritasse quando...

EJETADO!

Foi caos puro.

E, de repente, eu estava bem no *centro* de todo o caos.

Porque a criatura borrada estava *voando* na minha direção. Estávamos cara a cara. E, em um momento, estaríamos cabeça a cabeça, e com isso quero dizer que *a cabeça dele iria bater na minha a muitos quilômetros por hora.*

— Ei, ei, ei! — gritei, pulando para trás, cambaleando, escorregando e, enfim, caindo num carrinho abandonado.

— June, cuidado! — ouvi Jack falar, e eu queria gritar de volta algo como: *Ah, jura?*, mas eu mal conseguia respirar.

Logo antes do impacto, a criatura-borrão saltou, passando sobre mim. Senti meu cabelo sacudir quando...

VOOOSH!

Uau...

Em seguida, vi um lampejo de aço... Era uma corrente enferrujada sendo balançada por um Rifter. Eles estavam tentando laçar a criatura.

— Estou bem, pessoal! — gritei, mas então...

CHONK!

O carrinho saltou para frente. Meus olhos baixaram e vi que a corrente do Rifter havia *se engranchado no carrinho*.

— Estou brincando! Não está tudo bem! — gritei.
— NÃO ESTÁ TUDO BEM...

PUXÃO!

A corrente *sacudiu* e fomos ATIRADOS na perna de tronco de árvore de um Ogro. Era o maior dos Ogros: uma coisa enorme e horrível. E na sua sela estava o maior Rifter.

— Hã... Oi — falei.

A enorme mão do Ogro veio descendo. Me enrolei no assento, diminuindo meu tamanho, e levantei o escudo sobre a minha cabeça.

O Ogro apenas grunhiu. Sua enorme pata prendeu o carro no chão. Espiando ao redor do escudo, vi o monstro abrindo bem a boca.

Era isso. Esse seria o fim. O que nos traz...

DE VOLTA PARA O PRESENTE!
QUANDO ESTOU A SEGUNDOS DE ME TORNAR O LANCHE DA TARDE!
SERÁ QUE ESTOU MESMO?

NADA DE LANCHE!

VAI TER MUITA CARNE DEPOIS QUE A GENTE DOMAR A FERA!

Você ouviu! Deixa pra comer depois!

O Ogro rosna, mas obedece. O Rifter no topo dele parece ser o líder do grupo.

Saio de debaixo do meu escudo e, no espelho lateral, vejo a criatura-borrão em alta velocidade SALTAR por cima da parede da pista de patinação desmoronada.

Ele se foi.

Para fora de Wakefield... E no mundo desconhecido além da cidade.

— Atrás dele! — comandou o Rifter.

— Sim, chefe — os outros resmungaram.

O solo tremeu quando os Ogros se moveram em debandada, perseguindo a criatura. Desabei de volta na minha cadeira, ofegando, puxando o ar, aliviada.

Então...

PUXÃO!

Aonde você tá indo?

Por acaso parece que eu sei?

PUUUXXAAAADAA!

— A corrente do Ogro! — grito. — Tá presa no carro! E meu pé tá preso também!

A enorme besta está saindo da pista, ganhando velocidade a cada passo, estilhaçando a terra, e estou sendo puxada junto com ela!

— Não se preocupa, June, estamos indo! — Jack gritou.

BAM!

A gente praticamente explodiu pra fora da pista de patinação.

Eu agarro as laterais do carrinho enquanto derrapamos pelo estacionamento. Carros guincham e derrapam, faíscas voam, enquanto o Ogro os golpeia e os empurra para o lado.

Saímos pelas ruas. Hidrantes defeituosos jorram água. Os parquímetros chovem moedas e mais moedas.

Meu coração salta na minha garganta quando começamos a descer uma colina íngreme, com casas sufocadas pelas trepadeiras, ainda seguindo aquela criatura estranha, agitada e fugitiva.

O meu Ogro está esmagando carros sob os seus pés, sem se importar com nenhum obstáculo.

— PARE DE SER TÃO CABEÇUDO! — grito.

Mas o Ogro é tão grande e tão forte que nem percebe que estou ligada a ele. Sou como um pedaço de papel higiênico preso a um tênis! E eu realmente odeio isso!

Olho para trás, desesperada, e vejo Dirk, Jack, Quint e os meus amigos monstros. Estão todos nos carrinhos, me perseguindo.

Mas não conseguem acompanhar os Ogros em disparada.

Meus amigos estão diminuindo rapidamente na minha visão.

Quint grita alguma coisa, mas não sei dizer o quê. Dirk também. Então Skaelka. Finalmente, ouço Jack, gritando o máximo que seus pulmões permitem:

— JUNE! A GENTE VAI TE ENCONTRAR! **EU PROMETO!**

E a última palavra, *prometo*, desaparece quando sou puxada para fora de vista...

Capítulo Quatro

Estou indo muito rápido.

E não estou me gabando, só contando.

Cada sala da escola sempre tem "a criança rápida". Eu nunca fui "a criança rápida", mas era "uma criança rápida".

Eu costumava correr da minha casa até o ponto do ônibus escolar, a três quarteirões de distância, em noventa e nove segundos.

O ônibus saía às 7h12, e meu pai sempre insistia para que eu saísse de casa às 7h em ponto. Sem nenhuma razão! Eu poderia sair às 7h10 e ainda chegar no ponto de ônibus com trinta e dois segundos de sobra! Mais ainda se o motorista parasse para comer um muffin de pedaços de chocolate (o que ele costumava fazer)!

E você tem ideia de *quantas* coisas eu poderia fazer entre 7h e 7h10? Me dá dez minutos que eu escrevo uma lista detalhada.

Mas quer saber?

Nada disso importa quando você está...

> PRESA E SENDO ARRASTADA POR UM OGRO GIGANTE!

Se eu conseguisse sair daqui, poderia correr. Mas *não posso* porque a corrente transformou esse carro numa versão pequena de uma espaçonave reentrando na atmosfera da Terra, com partes e pedaços voando, faiscando, rangendo, metal quase derretendo. E estou presa aqui neste passeio.

Tento prestar atenção em onde estamos, para onde estamos indo, mas é tudo uma confusão. De repente...

SCRÍÍÍÍÍÍÍÍÍÍ!!!

O uivo monstruoso da criatura. Os Rifters devem estar se aproximando. E então, de repente, um galpão de madeira à frente. O Ogro está atravessando um quintal coberto de vegetação.

— CARAMBA! — grito, levantando o escudo, bem quando...

CRASH!

O galpão de madeira causa sérios danos:

O volante salta e quase arranca minha orelha esquerda. Meu novo escudo chique está detonado. Minha lança, pendurada nas minhas costas, se parte ao meio. Mas nem tudo é ruim. Olhando para baixo, vejo que...

— ESTOU LIVRE! — grito.

A corrente agora está presa só no pedal, não no meu pé! Claro, ainda estou dentro de um carro em rápida desintegração, mas, pelo menos, não estou *presa*.

Agora, só tenho que *sair dessa coisa*. Preciso de um lugar para onde eu possa pular, com algo que vai amortecer a minha queda sem, tipo, *me* quebrar inteira.

Como um monte de feno.

Ou um castelo inflável.

Ou o forte de travesseiros mais épico do mundo.

Infelizmente, dentro do meu campo de visão imediato, não vejo nenhum monte de feno, nenhum castelo inflável e nenhum forte épico de travesseiros.

Mas... hmm... identifico algo como um monte de chocolates superdimensionados. Globos de cor: laranjas, azuis e verdes desbotados. Sei que é melhor do que qualquer forte de feno com travesseiros infláveis:

— Uma piscina de bolinhas!

Ok, a sua piscina de plástico cheia de germes, penso. *Aqui vou eu!*

FUGA DESAFIADORA!

Que péssima ideia!

FWOOMP!

E, com isso, eu *me jogo*...

Eu caio e afundo na piscina de bolinhas. Mantenho os olhos bem fechados, ouvindo o som dos pés dos Ogros desaparecendo a distância.

Meus cotovelos e joelhos estão arranhados, meus dentes parecem estar vibrando e tenho quase certeza de que engoli um inseto... possivelmente um pássaro.

Mas tudo bem, porque...

— EU TÔ VIVA! — grito. — Viva! Viva e... Não tenho *ideia* de onde estou!

Olho em volta, procurando pontos conhecidos para me orientar. Mas não há pontos conhecidos.

Nenhum ponto conhecido.

> Estou **cem por cento** PERDIDA agora.

Até que... Uma pista! Todas as bolinhas tem a sigla "B.B." nelas. Isso quer dizer que aqui é... ou era... um Big Burguer.

Olho em volta e vejo uma velha máquina de música, uma fonte de refrigerante e uma estátua do grandalhão: Senhor Big Burguer. Mas a cabeça dele está pendurada e o corpo e os dedos assustadores de batata frita estão quebrados.

Mas isso nem é uma grande ajuda, pois as lanchonetes do Big Burguer estão por *toda parte* e todas parecem *idênticas*. Sem brincadeira, a propaganda deles é: "Não é uma cidade sem um Big Burguer!"

Pelo menos, esse era o slogan deles, mas às vezes o fim do mundo escreve a sua própria propaganda...

Arrasto meu corpo cansado e ferido pela piscina de bolinhas, que é um pouco como me mover pela areia movediça da cor do arco-íris. Consigo me puxar para fora e cair no chão rachado e quebrado do Big Burguer.

Depois que o som de bolas de plástico quicando para, noto algo.

Silêncio.

Silêncio *extremo*.

Ao longo do ano passado, eu me acostumei com o barulho constante, sem parar, para todo o sempre. Há o **blá-blá-blá** do Jack, o **zumbido** dos aparelhos sugadores de eletricidade do Quint, os **gritos** e **rugidos** das bestas que passam e o coro interminável de roncos, arrotos e latidos que chegam da Pizza do Joe.

Mas, de repente, agora... É como se alguém tivesse apertado o botão mudo.

Este é o silêncio que eu não tinha desde os meses após o fim do mundo. Desde que fiquei sozinha na Escola Parker.

Naquela época, eu *odiava* o silêncio.

Mas agora é meio que uma paz... meio que perfeito. É como se o silêncio estivesse me dizendo: "June, você tá sozinha. No desconhecido, misterioso e inexplorado que fica além de Wakefield".

É um novo mundo.
E eu estou aqui.
Sozinha.

Que irado!

Capítulo Cinco

Este mundo perdido fora de Wakefield é estranho. É exuberante, coberto de vegetação e é selvagem. Verdes, rosas, laranjas e azuis. É como uma versão distorcida do velho mundo, rasgada, esticada e recolorida por algum garoto furioso com um giz de cera.

É assustadoramente belo.

Mas pelo menos é *belo* além de assustador.

Na verdade, se Jack estivesse aqui, eu usaria sua câmera para tirar uma foto do estranho cenário. Mas, como eu disse, estou sozinha.

Sem os meus amigos.

Agora, não me entenda mal, os meus amigos são demais.

Mas eles fedem! Tipo, literalmente... *Seus corpos emitem odores desagradáveis.*

E, tudo bem, eu sei, provavelmente não sou tão cheirosa como o interior de uma loja de sabonetes. A higiene pessoal não é a prioridade número um de ninguém durante o apocalipse. Além disso, tomar banho pode fazer você perder uma aventura... o que pode ser pior do que estar no chuveiro e ouvir algo *super divertido* acontecendo lá fora, correr para terminar, sair, se secar e, então, quando você estiver vestida, toda a diversão já ter acabado!

Mas pelo menos me esforço! Eu juro, é como se Jack, Quint e Dirk tivessem orgulho dos seus cabelos despenteados pela manhã, escovação preguiçosa dos dentes e da capacidade de "arrotar supersonicamente".

Mas nossos amigos monstros são ainda piores...

Mas agora o único fedor que estou sentindo é o MEU.

E começo a sorrir quando percebo... *Sabe o que isso significa?*

Aventura da June, aventura da June, hora da June se aventurar só... Solo!

TIP TAPPITY TIP TIP TAP TAP TIP

Opa, espera aí... será que a Aventura *Solo* da June parece muito com Guerra nas Estrelas? Tipo uma aventura da irmã mais nova do Han Solo, a June Solo? Sim, eu sei que o Han Solo *não tem* uma irmã mais nova, pois o Quint me explicou as linhagens das famílias Solo e Skywalker um milhão de vezes, apesar de eu não ligar a mínima pra...

— ESPERA AÍ! — exclamo e, sim, em voz alta, mesmo sozinha. — O Quint não está aqui! Posso chamar essa aventura de tudo o que eu quiser! E vai ser A AVENTURA SOLO DA JUNE!

E qual será o objetivo dessa Aventura *Solo* da June? *Voltar para Wakefield*.

É bem nessa hora que ALGO me atinge.

E esse ALGO não é uma ideia ou um pensamento entrando no meu cérebro, esse ALGO é uma *coisa* mesmo. Uma *coisa* molhada, emborrachada e gosmenta que acerta a minha cara a uns mil quilômetros por hora...

SMACK!

OI, AMIGA!

Pela segunda vez em, tipo, três minutos, eu me sento... atordoada, confusa, machucada. Desta vez, a fonte da dor está sentada no meu colo: Globlet!

— Você me atingiu como um míssil feito de chiclete — digo, esfregando o meu rosto. — O que você tá fazendo aqui?

> Ah, cara, por onde começo?

> Primeiro, fui chocada.

> Depois, foram muitos anos de brincadeira. Então o apocalipse! Fui transferida pra cá de outra dimensão! Depois, algumas outras coisas e FIM!

> Deixa pra lá. Tô feliz em te ver.

— Não. É a AVENTURA DAS MENINAS!
Eu sorrio.

Globlet pode brilhar como uma luz noturna e ela acha que tudo o que faço é fantástico. Quem não gostaria de uma companheira numa terra desolada e inexplorada como...

KSHHHH!

De repente, um som de estalo e assobio me faz pular.

— Ei, seu bumbum espirrou! — Globlet chia.

— Meu bumbum não espirrou — digo, suspirando. — É o meu rádio!

Pego meu rádio do cinto e aperto o botão.

— Quint? Jack? Dirk? ALGUÉM? Câmbio!

Sem resposta.

Será que o rádio foi danificado durante aquele longo percurso acidentado? Ou estou muito longe de Wakefield para ter sinal e recepção?

Quint me ensinou tudo o que há para saber sobre rádios. E eu tenho certeza de que o meu está OK. Então, deve ser a distância.

YEEAAAAIIIEEEE!

O ar é cortado por um grito monstruoso.

— Aah! — Globlet exclama. — Alguém está fazendo cosquinha!

— O quê? Não, Globlet! Isso não é um grito de "alguém fazendo cosquinha". Isso é um grito de "alguém sendo machucado"...

Eu pego Globlet. Em um flash, ela está no meu ombro, agarrada no meu pescoço, e estou correndo pelo que sobrou do Big Burguer.

— Vamos pra casa? — Globlet pergunta.

— Sim — respondo.

— Nossa casa é por aqui?

— Não tenho ideia de qual é o caminho pra casa.

— Mas você disse que íamos pra casa.

— E vamos — eu falo. — Só não agora.

— Então, pra onde estamos indo agora?

— Agora vamos por aqui.

— O que é aqui?

— Vamos descobrir...

Estamos descendo uma espécie de rua principal. Esta cidade parece ter sido atacada por uma horda de britadeiras más: as construções estão esmagadas e destruídas. É como se alguma criatura vingativa quebrasse o lugar e tentasse remontar tudo, mas de forma errada.

— Você está correndo rápido! — Globlet fala. — Você precisa fazer o Número Dois?

— Não, Globlet! Estou correndo porque o que quer que fez esse som parecia assustado, então quero...

— Nachos? — Globlet pergunta.
— Não! Quero ter certeza...
— Vamos comer nachos depois? — Globlet tenta.
— Não! Quero ter certeza de que a criatura que fez esse som está bem!

Isso deve ser bem estúpido. E vou me arrepender depois!

VIVA PRO ARREPENDIMENTO!

Capítulo Seis

Eu espero mesmo que o que quer que tenha feito aquele barulho de grito de dor seja algo gentil e amigável, que está, tipo, só um *pouquinho* ferido ou *meio* machucado.

Talvez como um filhote de coelho que deu uma topada no dedo do pé?

Ou um hamster com dor de barriga?

Ou um ouriço que está realmente nervoso com o seu primeiro dia de escola de ouriços?

Globlet se agarra mais forte no meu ombro. Subo num caminhão de bombeiros tombado que está saindo do chão como um Monumento de Orgulho do fim do mundo.

— Aah — Globlet diz. — Que bela vista.

Um lampejo distante de luz capta meu olhar: um mastro de bandeira. Está se projetando de uma *floresta* estranha e recoberta de trepadeiras. Vejo pedaços de madeira, plástico amarelo, lampejos de metal. Demoro um segundo para perceber que não é uma floresta, é um...

— Parquinho! — exclamo.

— AÊÊ! Adoro parque! — Globlet fala. — E ainda mais quando é parquinho!

Paro um momento.

— Você adora... parques *pequenos*?

Globlet dá de ombros.

— Lógico.

Este parquinho não é daqueles novos chiques, onde tudo é colorido e o chão macio de borracha. Este é um daqueles espalhados, bagunçados, velhos e decadentes.

— O que quer que tenha feito aquele som de grito — digo — está lá. Vamos.

— Você não precisa dizer "vamos", tô no seu ombro. Eu vou de qualquer maneira.

À medida que nos aproximamos, vejo uma placa indicando: BEM-VINDO AO PARQUE DA AMIZADE.

Isso me faz rir.

Este é o lugar menos acolhedor de todos os tempos, e também o menos amigável. As passarelas, escadas e vigas que se cruzam por ele estão apodrecendo. E tem trepadeiras enroladas e retorcidas em torno delas.

Eu pulo uma cerca coberta de trepadeiras, então me agacho, tentando ser mais discreta e cuidadosa.

— Ok, chegamos — sussurro.

— Sim, eu sei — Globlet responde.

— Ah, certo. Bom, então... deixa pra lá.

YEEAAAAIIIEEEE!

O grito novamente. Mais alto. Estamos perto.

Há um escorregador enferrujado à nossa frente. Eu escalo silenciosamente, então me arrasto até a borda da torre do escorregador. Agora, vamos conseguir ver o que é.

Mas quando vejo o que é, o meu estômago dá uma cambalhota...

— Os Rifters — eu rosno.

— E veja o que mais — Globlet fala, ficando na ponta dos seus pés pegajosos. — É aquela criatura que eles estavam perseguindo.

> NÃO ENROLEM! PEGUEM ELE!

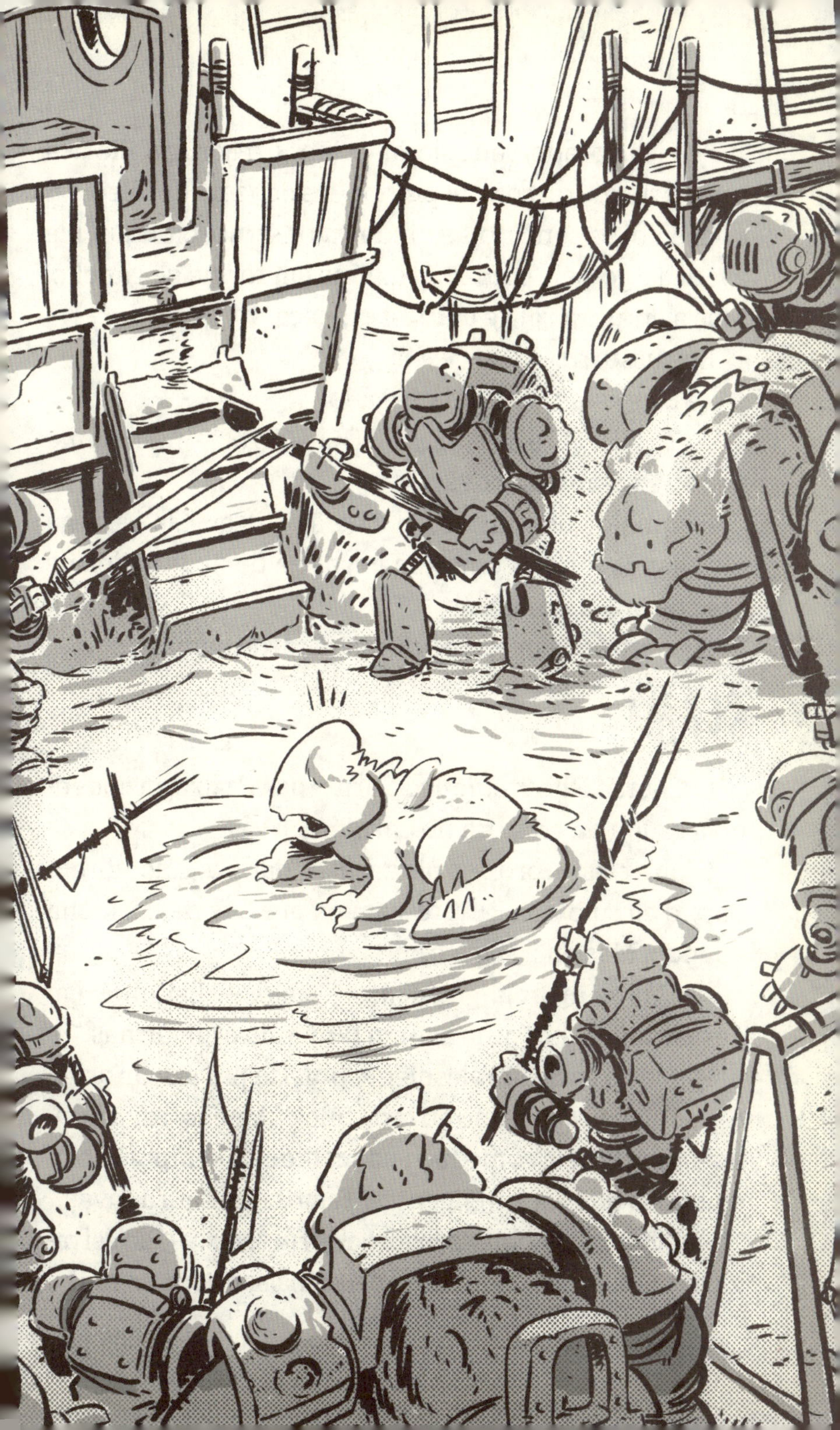

— Fica parado, seu idiota! — um Rifter ruge. Ele usa uma armadura com espinhos manchada de óleo... E quase posso sentir o seu fedor monstruoso daqui. Ele avança e golpeia com uma lâmina em forma de gancho. Mas a criatura rola e o Rifter tropeça.

Eu sussurro:

— Eles estão tentando pegá-lo.

— TENHO QUE FAZER TUDO AQUI? — rosna uma voz alta como um trovão.

É o maior dos Rifters, o Chefão Rifter. Ele carrega uma lança longa, como uma espécie de apanhador de cães de outra dimensão.

A criatura de neon recua, mas é tarde demais...

SLAM!

O Chefão Rifter *balança* a arma para baixo, prendendo a cauda da criatura no chão!

Globlet está pronta para pular para o lado, direto para o círculo dos Rifters, com os punhos de borracha voando. Mas eu a seguro.

— Calma aí, bola gosmenta — falo. — Estamos em desvantagem em número, em tamanho e em armas.

— Mas o Jack simplesmente pularia pra salvar o dia!

— Talvez. Mas então eu teria que pular e *salvar a bunda magrela dele* como faço na metade do tempo. Você e eu temos que ser inteligentes. Temos que ser furtivas.

— Siiim... — Globlet concorda — furtivas. — Ela esfrega as mãozinhas como uma pequena senhora do mal.

— *Thrull?* Aquele cara grandão disse *Thrull!* Você ouviu isso, né, Globlet?

— Eu ouvi bem — ela rosna. — E também ouvi aquelas outras palavras que ele disse.

— Globlet, temos que salvar essa criatura. Eu não tenho ideia do por que o Thrull quer ela, mas se eu tivesse um lema pós-apocalíptico, seria "NÃO DEIXE O THRULL TER NADA QUE QUER PORQUE QUALQUER COISA QUE ELE QUER SERÁ USADA PARA O MAL".

Globlet pensa por um momento.

— Meu lema seria: "Dance como se ninguém estivesse assistindo". É tão profundo!

— Hum... certo — falo. — Mas, tipo, o que quero dizer é: se eles estão tentando levar essa criatura para o Thrull, então *temos* que ajudar ela a escapar!

Capítulo Sete

Os Rifters estão puxando correntes enferrujadas e desenrolando cordas estranhas feitas de algo parecido com cabelo de monstro. Todos eles avançam, prestes a amarrar a criatura.

Na verdade, *nem todos* avançam. Um Rifter parece mais interessado em girar no balanço de pneu do que em atormentar pequenas criaturas.

— Flunk, para de balançar e ajuda a terminar a captura! — o Chefão Rifter grita.

— Desculpa, chefe! Tô indo, chefe!

O Rifter chamado Flunk tenta se livrar do balanço do pneu, mas devia estar tonto de tanto girar, porque tirou um pé de dentro, saltou para cima e para baixo, tentando se equilibrar, e caiu de cara no chão.

Tento rir sem fazer barulho.

Flunk se junta ao grupo, fingindo ajudar, mas dá uma olhada cheia de saudade para o pneu balançando.

Um Rifter segura a lança com força, enquanto os outros começam a amarrar a criatura.

As coisas parecem sombrias...

— Globlet — digo. — Agora é a hora de...

— Nachos!! — ela exclama. — FINALMENTE.

— Não, Globlet! *Nossa jogada*. Agora é a hora de *agirmos*.

— Ah. — Globlet fica quieta por um momento, então sussurra com urgência: — Use a Coisa-Blaster-Gerigonça-atiradora!

— O quê?

— A Coisa. Blaster. Gerigonça. Atiradora — Globlet repete lentamente.

Fico olhando para ela, sem entender.

Globlet bufa, então salta do meu ombro para o meu pulso.

— Isto — ela diz.

— Aaahhh. O Presente.

O Presente é a arma multifuncional que o Jack me deu no Natal passado.

É tipo um canivete suíço da luta contra os monstros!

Eu nunca tiro do braço, tanto que esqueci mesmo que estava usando.

— Sim, "o Presente" — Globlet concorda —, só que "o Presente" não é um nome legal e "Coisa-Blaster-Gerigonça-atiradora" soa muito mais como uma arma da *Superaventura* Solo da June!

Globlet tem razão.

— Tá bem. É hora de um pouco de ação da Coisa-Blaster-Gerigonça-atiradora — digo, soando como uma super-heroína.

Apontei para o balanço, a uns três metros dos Rifters. Puxei uma alavanca no *blaster*, apertei o punho, e...

ZA-PUUF!

Uma superbola rosa com algumas surpresinhas dentro *dispara* pelo ar e...

BOING!

A superbola bate na barra superior do conjunto de balanço e ricocheteia direto para o ar.

— Você errou! — Globlet diz.

— Não — respondo. — Apenas observe.

E então...

BAM! **BUUM!** **BAM!**

LOUCURA DOS FOGOS

Os Rifters saltam para trás e olham para o show de luzes acima. Um Rifter com voz chorosa grita:

— O que é isso? QUEM FEZ ISSO?

Um Rifter menor e mais bonitinho chia:

— LUZ BRILHANTE! LUZ BRILHANTE!

Eles têm apenas *um momento* para avaliar a situação, porque no *momento seguinte...*

FWOOM!
BOING!

Eu atiro uma segunda superbola... e uma segunda rodada de fogos de artifício explode no alto. Os Rifters ficam assustados, mas os seus Ogros entram no modo *descontrolados e furiosos*. Então ouvimos um som ensurdecedor de...

RAAWRR!

Na mesma hora CAOS total! Os Ogros estão empurrando, puxando e fugindo. Rifters montados caem das suas selas. Rifters a pé correm para se proteger. Os Ogros saem do parquinho como se o sinal do final da aula tocasse anunciando a hora do intervalo.

A voz grave do Chefão Rifter ruge alta:

— ME SIGAM! TEMOS QUE PEGAR OS OGROS!

Na mesma hora, os Rifters dão início à perseguição. Para nossa sorte, eles não são muito brilhantes: *todos* saem correndo, deixando a criatura neon para trás...

Deitado na terra.

Eu respiro fundo. *Conseguimos. Funcionou.* A Aventura Solo da June (com a participação especial de Globlet) acaba de alcançar a VITÓRIA NÚMERO UM!

— Agora vamos lá, Globlet — falo enquanto corremos para baixo através da estrutura. — Vamos soltar essa coisinha...

Capítulo Oito

A pele escamosa da criatura brilha ao sol da tarde. Suas garras curtas e afiadas arranham o chão e sua cauda longa e pontiaguda balança lentamente. E o olhar no seu rosto... nos seus olhos... me lembra de *algo* que já vi antes.

Mas não tenho tempo para pensar sobre isso, pois ouço pisadas duras e estalos à distância. Os Rifters e os Ogros estarão de volta em breve.

Dou um passo lento para frente.

Não quero ser atacada por uma criatura que poderia facilmente me matar com as suas garras. Mas também não posso deixar os Rifters entregarem essa criatura para o Thrull.

Se eu fizer isso, estou basicamente servindo a ele nossa rendição em uma bandeja de prata...

Rendição especial do dia!

ÓTIMO! E UM REFRIGERANTE! AGORA!

Engulo em seco e me aproximo um centímetro. Não vejo nada de cruel ou mau nos olhos piscantes da criatura.

Na verdade, o rosto confuso e assustado da criatura-borrão me lembra de algo totalmente diferente: o Cão de Caça de Wakefield.

Ok, então, história rápida.

O Cão de Caça de Wakefield era o mascote da nossa escola. Mas, em vez de colocar um professor numa fantasia de cachorro grande e velho, nosso gênio treinador de ginástica decidiu usar *o seu cachorro de verdade*: o Sr. Pimenta, o chihuahua. "Pela autenticidade!", ele nos disse.

Bem, adivinha só? O Sr. Pimenta odiou aquilo! Cada vez que eles enfiavam aquele pobre cão naquela fantasia, ele enlouquecia, e então *isso* acontecia...

Mas eu tinha um palpite de que o pequeno vira-lata não era comedor de gente. Aquilo era besteira. Então, é claro que — como repórter — escrevi uma história sobre isso. O título era simplesmente...

NOTÍCIA CHOCÃOTE!
O SR. PIMENTA NÃO É MAU, ELE ESTÁ APENAS CÃOSADO DE USAR A FANTASIA

A matéria foi um sucesso. Pararam de tentar enfiá-lo na fantasia e ele voltou a ser o cãozinho feliz e amistoso de sempre.

O que quero dizer é que às vezes ficar com medo e ser ferido faz você agir como se fosse mau. Talvez seja o caso dessa criatura.

— Oi — digo, avançando mais perto. — Eu só vou libertar você, ok? Então você segue o seu caminho, e eu o meu. E não deixa que eles te encontrem de novo, tá legal? Porque você não quer um Thrull na sua vida, pode acreditar em mim.

Fico sobre a criatura e pego a lança, com cuidado para não chegar muito perto.

Então viro e mexo, tentando arrancá-la do chão, me sentindo como um Rei Arthur pós-apocalíptico.

Ela vai se soltando.

Um milímetro. Dois milímetros.

A criatura é capaz de se mover agora, mas só um pouco. Enquanto eu viro novamente, a criatura se esforça e consegue olhar para mim.

É quando uma coisa estranha acontece... a coisa mais estranha num dia cheio de coisas estranhas.

Enquanto ele olha nos meus olhos, de repente há um...

KA-SKAK!

Como estática de rádio...

Aah, uma batalha de encarar! Tô dentro!

UAU.

Uma súbita onda de imagens passa pelos meus olhos, como se alguém estivesse mudando os canais de TV em alta velocidade. Vejo...

Algo voando no céu.

Algo que parece um ninho.

Algo como um tornado brilhante.

E então eu só vejo ESCURIDÃO. Movo os olhos para frente e para trás, mas nada ainda. Então cor e luz, e eu percebo que é a Globlet.

— Eu coloquei minhas mãos nos seus olhos porque você estava muito estranha.

— Aham... — murmuro.

Minha mente é uma confusão nebulosa e veloz. Parecia um daqueles *momentos de cansaço* além do cansaço na escola, em que você acaba dormindo no fundão do ônibus ou na aula. Não é como um sonho completo, é outra coisa...

Como um transe.

Posso imaginar a expressão no meu rosto. É algo que eu já vi antes. Quase um ano atrás, quando...

RAWRRR!

— June! Cuidado! — Globlet avisa.

Tarde demais. Minha mão é arrancada da lança!

Sou agarrada pela enorme pata suja de um bruto grande e feio.

— Me solta! — grito. Estou chutando e me debatendo enquanto sou levantada no ar até que, de repente, estou cara a cara com o Chefão Rifter.

> O Chefão voltou!

> Quantas vezes vou ter que fugir de você hoje?

— Interferindo na minha captura, né não? — o Chefão Rifter pergunta, embora ele não esteja bem *perguntando*, mas me *acusando*.

— Não, não — respondo. — Jamais. Eu só, hum...

Vamos! Eu me ordeno mentalmente. O que a repórter June faria? Mas este Ogro está me apertando com tanta força que não consigo me lembrar de nada além da primeira coisa que aprendi sobre notícias... o velho e bom *quem, o quê, onde, quando, por quê*.

Então, quando parece que minhas entranhas estão prestes a explodir, eu solto tudo...

JUNE DEL TORO, DO JORNAL DE WAKEFIELD!

QUEM é você, o QUE quer com a criatura, ONDE vai levar ela, QUANDO vai me soltar e POR QUE está sendo um...

GRANDE BABACA COM TUDO?

O Chefão Rifter inclina a cabeça, confuso por um momento... Ótimo. Talvez eu tenha deixado ele desprevenido com a minha enxurrada de perguntas contundentes.

Mas então ele se inclina para frente... tão perto que posso sentir o seu hálito fedorento.

— Eu que estou fazendo a investigação aqui, não você — ele rosna.

— Na verdade — replico —, não é assim que eu gosto de operar. Normalmente, acho que uma entrevista será melhor se...

KA-SLAM!

O Ogro soca o chão ao meu lado e sinto tudo tremer. O Chefão Rifter diz:

— Você fala demais. Criaturas que falam muito geralmente estão *tramando* algo. Vocês tá planejando entregar o Alado pro Thrull, né não? Então você e a sua amiga gorducha aqui vão ficar com o crédito?

Antes que eu possa esclarecer qualquer coisa, Globlet salta de trás das minhas costas.

— EI! EU NÃO SOU A AMIGA GORDUCHA DE NINGUÉM!

O Chefão Rifter grita:

— Silêncio, bola de gelatina!

— Deixa eu falar com ele — sussurro para Globlet.

A mão do Ogro aperta e nos puxa para mais perto. O Chefão Rifter diz:

— O *meu* bando rastreou a besta e o *meu* bando prendeu a besta! Logo, será o meu bando que vai entregar ela pro *Thrull*.

— Cara — digo. — Vai por mim. Não estou tentando dar nada pro Thrull.

Exceto um belo chute na bunda. Na minha cabeça, eu chuto muitas bundas.

O Chefão grunhe, e eu percebo agora que ele está desconfiado de por que eu não gostaria de dar um presente para o Thrull. Ótimo, eu meti mesmo os pés pelas mãos desta vez...

Espera. Meus pés. É isso! Vejo a lança ainda se projetando do chão e sei o que preciso fazer. Só tenho que manter o Chefão distraído...

— Então, por que dar esse presente pro Thrull? É o aniversário dele ou alguma data especial?

— Como se você não soubesse o que tá acontecendo. Toda criatura nesta dimensão podre sabe. O Thrull é o grande chefão agora — o Chefão Rifter diz.

Ele está estudando meu rosto, depois o da Globlet. Finalmente percebe minha Coisa-Blaster-Gerigonça-atiradora e a agarra.

— E o que temos aqui?

— É UM RELÓGIO ENORME E ELA USA ISSO QUANDO QUER SE SENTIR PODEROSA! — Globlet grita. — AGORA, SAI FORA!

O Chefão ri.

— Acho que o meu Ogro vai acabar com vocês agora. Vocês duas. É, as duas vão ser bem esmagadas agora.

Meu pé balançando consegue sentir a lança. Está perto...

Enquanto o Ogro aperta com mais força, a ponta do meu pé encontra a lança e eu consigo...

De repente, há uma sombra de movimento abaixo da gente. Vejo um borrão de cor, uma centelha de luz neon, enquanto a criatura foge!

— ATRÁS DELE! — o Chefão grita. O Ogro se lança para frente, a pata se abre, e Globlet e eu caímos no chão.

A criatura acelera pelo parquinho, quase deslizando. O Ogro a persegue, esmagando conjuntos de balanço e pisoteando escorregadores.

Eu observo, aliviada, enquanto a criatura desaparece, escapando ao mergulhar e perfurar uma caixa de areia.

— Vamos sair daqui! — digo.

— Não narre! — Globlet fala. — Apenas faça!

Pego a lança do chão e, em seguida, estamos correndo de volta para onde viemos, então vejo uma tampa de bueiro aberta pela metade, com espaço suficiente para deslizarmos para dentro.

Olho para trás.

O Ogro bate o pé em frustração, e o Chefão Rifter faz uma careta. A criatura fugiu.

Mas eu observo por um momento a mais do que deveria, porque o Chefão Rifter de repente se vira, fixando os olhos em mim.

Ele me observa com um olhar de: *Você venceu esse round, mas vai ter outro... em breve...*

E então Globlet e eu desaparecemos na escuridão...

Capítulo Nove

— Vamos caminhar nesse esgoto até a gente estar longe daquele parquinho nojento — digo para Globlet. — Então vamos voltar e encontrar o nosso caminho pra casa.

— Genial! Genal! — Globlet exclama.

Mas quanto mais andamos, menos gosto do meu plano. O esgoto está escuro e viscoso. Água suja e lixo correm sob os meus pés, e às vezes ouço um barulho que parece muito como de um osso quebrando.

Apenas o brilho da Globlet nos guia. Eu a seguro como se eu fosse um velho estalajadeiro.

Quando finalmente chegamos a outra tampa de bueiro aberta, já se passaram horas. Estou tão ansiosa por ar fresco que não me importo aonde isso vai nos levar, eu apenas subo e saio.

— Estou feliz por estar fora desses túneis! — Globlet fala. — Todo aquele brilho estava me deixando com sono.

— Único problema — eu digo, olhando ao redor no nosso novo ambiente. — É que agora tenho ainda menos ideia de onde a gente tá...

— Eu sei onde a gente tá! — Globlet proclama, triunfante. — Esse é o lugar que você chama de Terra!

Eu suspiro. De repente, ela parece preocupada.

Espera, a gente ainda tá mesmo na Terra, né? Né?

Sim, Globlet. Mas do jeito que estão as coisas aqui, é confuso pra você. Minha dimensão não deveria parecer com isso...

Estamos em um daqueles bairros recém-construídos de ontem pra hoje, onde cada casa é quase idêntica a todas as outras, e a única maneira de lembrar qual é a sua é plantando algumas tulipas ou algo assim. Então, toda vez que algum pai ou mãe de amigos leva você para casa, você tem que dizer: "É aquela com tulipas na frente!" Mas aí neva, as tulipas morrem e ninguém mais sabe a diferença.

Não há tulipas aqui agora.

Apenas uma teia interminável de trepadeiras espessas e pulsantes que entrelaçam as casas.

— Eu só quero ir pra *casa*.

Mas isso será mais fácil dizer do que fazer. Nós andamos. E andamos. E andamos. E não é só que todas as casas parecem iguais. Todas as *ruas* parecem iguais. E *todas* têm nomes de árvores!

Vou para a esquerda na Rua Bordo, que vira a Rua Pinheiro e nos leva até a Rua Álamo. Onde será que *estamos*?

Passamos por uma enorme e sinuosa trepadeira, pela qual tenho certeza de que já tínhamos passado antes. As casas estão apodrecendo enquanto as trepadeiras florescem.

— Preciso descansar um segundo, Globlet — finalmente digo, enquanto me sento no chão. — Minhas pernas estão moles.

— Sei bem do que você tá falando — Globlet diz.

Então, levanto a cabeça.
E engulo em seco.

> Espera...
>
> Passamos por essa caixa de correio há uma hora!
>
> EBA! Adoro reencontros!

—Não, Globlet!—resmungo.—Isso quer dizer que estamos andando em círculos! Estamos perdidas!

Uma dúvida assustadora começa a surgir na minha cabeça. E se não conseguirmos voltar? E se não estivermos apenas perdidas, mas estivermos, tipo, perdidas *mesmo*?

É como o controle remoto da TV. Às vezes você não consegue encontrar por um tempo, mas sabe que vai aparecer uma hora, você só precisa finalmente ficar frustrado o suficiente e ir cavucar entre as almofadas do sofá.

Mas outras vezes você perde algo, como meu bracelete da sorte, e, de alguma forma, já sabe que nunca mais vai aparecer. Tipo, nunca mais.

Será que isso sou eu? Agora sou o meu bracelete da sorte? Estou mesmo perdida?

Meus ombros cedem e caem. Minhas pernas estão latejando e meus pés pegando fogo. Eu quero me enrolar em posição fetal. Quero adormecer com os sons fofos e calmantes do ronco borbulhante da Globlet. Quero escutar...

RAWRR

Não isso.

Isso é um rugido. Um rugido suave, estridente, quase imperceptível.

Olho para cima.

A criatura borrada.

Está de volta.

Empoleirada no topo de uma trepadeira maciça que se estende sobre uma casa de dois andares.

E está olhando para mim.

— Você acha que ele quer que, tipo, a gente siga ele? — Em parte, estou perguntando para Globlet, mas principalmente perguntando para mim mesma.

— Não sei o que *ele* quer — Globlet comenta. — Mas estou com fome DEMAIS pra dar outra volta nessa cidade chata das árvores. VAI! VAI!

Atravessamos a rua, na direção da criatura. Um sorriso surge no seu rosto. Ela se vira, subindo pela grande trepadeira.

E é quando eu vejo as suas costas.

Tem barbatanas. Não, não são barbatanas. *Tocos*. Pequenos restos de algo se projetando das suas costas... como um indício de algo que estava lá antes. Algo como...

Asas.

Tem que ser isso. Talvez tivesse asas. E agora não mais.

Eu me pergunto o que poderia ter acontecido...

E, então, a compreensão me atinge com um *terror* absoluto, completo, total e avassalador.

A forma como a minha cabeça estava. A visão. Era exatamente como aconteceu com o Jack e o Rei Alado.

Aprendemos sobre as monstruosas habilidades dos Monstros Alados quando o mais poderoso deles, o Rei Alado, irradiou visões de pesadelo na cabeça do Jack.

Bardle nos disse que todos os desgraçados têm esse poder, mas ele nunca tinha visto um com a força do Rei Alado. E eu nunca tinha experimentado isso antes de hoje.

Todos os Monstros Alados são soldados, e soldados que servem Ṛeżžőcħ. Pura maldade. Tipo, a última vez que me envolvi com uma coisa dessas foi feia...

O pescoço de lagarto da criatura gira. Ele está olhando para a gente.

Vejo pequenas protuberâncias acima dos seus olhos, como sobrancelhas borbulhantes. É aí que *mais* olhos vão crescer. Porque os Monstros Alados têm muitos olhos para ver as *coisas*, para então poderem fazer *coisas* ruins.

Não há dúvida. Essa criatura é um bebê Alado...

–Bebê Alado!–

Bem menor que um Monstro Alado, tipo um molequinho alado.

Tocos onde seriam as asas.

Futura linha de olhos.

Pele nada fofa.

Garras IRADAS.

Dou um passo para trás... sem nem mesmo perceber que fiz isso.

— É um... é um... é um... bebê Monstro Alado.

— Espera aí... O QUÊÊÊÊ? — Globlet pergunta.

A cabeça do Alado sacode para cima naquele clássico aceno de cabeça que significa "Vamos, galera!". Acho que esse gesto funciona em todas as dimensões.

E então a minha mente começa a pensar em dois cenários diferentes.

Ficar onde estamos e talvez permanecer irremediavelmente perdidas? Ou seguir um Monstro Alado e talvez sermos comidas?

Estou tentando fazer o que faço de melhor, pesar as vantagens, as desvantagens, o lado bom, o lado ruim...

Mas não consigo pensar direito, porque há um ruído novo e estranho preenchendo o meu cérebro.

Ruídos vindos de todos os lados...

No início, acho que estou imaginando. Pode ser só o medo me fazendo ouvir coisas assustadoras que não existem. Como naquela vez, alguns anos atrás, quando deitei na cama e me convenci de que o capacete de lacrosse que deixei no chão do meu quarto era, na verdade, um crânio humano e tive que chamar a minha mãe para acender as luzes. Pois é, foi constrangedor.

Mas fico sabendo que não é apenas minha imaginação quando Globlet diz:

— Que som é esse? São as trepadeiras?

— Não — respondo. — As trepadeiras não GEMEM.

Mas é exatamente o que estou ouvindo: um GEMIDO. Vindo de *todos os lugares*. O labirinto de ruas e casas parecidas de repente parece VIVO. À medida que os gemidos ficam mais altos, me ocorre que só conheço uma coisa que geme assim...

De repente...

SLAM! CRASH!

Há movimento por toda parte. Portas se abrem, janelas se quebram e telas são rasgadas.

É como um show de TV terrível do fim do mundo, e cada casa está escondendo um prêmio aterrorizante...

VAMOS MOSTRAR O QUE ELA GANHOU, PESSOAL!

Atrás da Porta 1: ZUMBI!

CRASH

Atrás da Porta 2: ZUMBI!

BASH

Atrás da Porta 3: Isso mesmo, senhoras e senhores... ZUMBI!

SMASH!

Ah, droga. Lá se vai minha chance de um jet ski.

Capítulo Dez

Eu não posso acreditar que deixei isso acontecer! Falei muito alto! Fui muito descuidada. Globlet e eu não verificamos essas casas! Não fizemos nenhum reconhecimento! A gente estava apenas balbuciando alto pelas ruas como alunos da oitava série na noite de Halloween! Sem saber que a gente estava viajando por um LABIRINTO GIGANTE DE CASAS CHEIAS DE ZUMBIS!

Então, de repente, há aquele som de rugido de novo.

O bebê Alado.

Ainda está lá, olhando pra gente com aquele olhar de *Ei, o que vocês estão fazendo, idiotas?* em seu rosto. Em seguida, sua cabeça baixou e ele subiu na videira espessa, desaparecendo no telhado.

Fiquei olhando para aquele local por uma fração de segundo, embora tenha parecido uma eternidade. Finalmente...

— Bom, June! — Globlet exclama. — VAMOS!

— Mas, mas — eu gaguejo. — Foi pra lá que o Alado foi!

— Hã... e daí? — Globlet responde. — FOI. Verbo passado! Quer dizer que já se FOI. O que significa que deve ser uma boa SAÍDA.

Argh! Agora tenho que atualizar a matemática na minha cabeça. Ficar onde estamos e *com certeza* sermos devoradas por zumbis? Ou seguir o Bebê Alado e *talvez* sermos engolidas por alguma outra coisa?

Tá. Vou escolher o *talvez sermos engolidas* em vez do *devoradas com certeza*.

Mas então percebo, com o terror me dominando, que posso ter demorado muito para agir. Zumbis já estão cambaleando da casa na nossa frente.

Um enorme zumbi, vestindo calção de banho e boias de braço meio vazias, está no nosso caminho.

— Globlet, se segura! — grito e me atiro para frente. Globlet escorrega do meu ombro e consegue agarrar o meu cabelo. Ela bate, bate e bate de novo nas minhas costas enquanto corro.

O zumbi das boias de braço se lança na minha direção. Eu puxo a lança do Rifter da minha mochila e deslizo pelo chão para uma parada rápida. Talvez rápido demais...

— AIEE! — Globlet grita enquanto voa sobre minha cabeça, ainda segurando o meu cabelo, e então bate no meu rosto.

— Solta daí! — grito. — Não consigo ver nada!

— Solta *você* primeiro! — Globlet exclama.

— Eu não estou segurando você!

— Seu pelo está! Diga pro seu pelo me soltar!

— Não é *pelo*, é o meu *cabelo*!!

— EU ODEIO SEU PELO-CABELO DE HUMANA! — Globlet grita.

MUURGGH!

O gemido do zumbi nadador é bem alto. Eu nem estou vendo, mas ataco mesmo assim. Golpeando, e deslizando, e batendo a lança pelo ar. Mas erro o alvo todas as vezes!

— Onde ele está, Globlet? — pergunto.

Globlet não é nem um pouco útil...

Esquerda!
NÃO, DIREITA!
WOOSH
Errei!
SWISH
Espera, tenta sul!
Isso, pro sul!
Ou talvez norte?
WHISH
Errei.
Errei.
AAH! ATRÁS DE VOCÊ!

Finalmente, Globlet diz:
— DEIXA QUE EU CUIDO DISSO!
Então ela salta da minha cabeça na direção do zumbi. Finalmente posso ver de novo, e assisto, admirada, quando... *smack*!

Globlet bate no peito do zumbi e, em seguida, desliza para o chão, gritando:
— Cai fora, palhaço! Este é um jogo de aventura da June e da Globlet e você não foi convidado!

O zumbi cambaleante se inclina, tentando alcançá-la. Mas ela foge por baixo de suas pernas, agarrando os chinelos mofados e puxando seus pés de cima dele. O zumbi cai no chão com um...

THUNK!

Eu pego Globlet, carregando ela como uma bola de futebol na dobra do meu braço, enquanto corro na direção da enorme trepadeira que leva para cima e sobre a casa.

Subimos, finalmente alcançando o topo... no ponto onde o bebê Alado desapareceu. Atrás da gente, zumbis estão se juntando como um enxame no gramado e arranhando a trepadeira espessa. Mas eu não olho para trás, apenas para a frente.

— É melhor a gente não ver aquele Alado de novo — comento enquanto partimos.

— Não se preocupa! — Globlet diz, alegre. — Tenho certeza de que a gente não vai ver!

Capítulo Onze

DEPOIS.

Ugh.

Então vimos ele de novo.

Globlet e eu seguimos pela trepadeira espessa, que nos levou a um beco estreito e tortuoso que *nunca* teríamos encontrado de outra forma. E, de lá, escapamos do labirinto da vizinhança de enlouquecer qualquer um.

E pensei que tínhamos deixado essa coisa para trás também.

Mas não. Ele está aqui.

Ele não mostrou os dentes ou as garras e nem nada assim. Ele apenas... fica nos observando.

— Talvez seja, tipo, sabe quando você vê uma aranha? — eu digo. — Ela tem tanto medo de você quanto você dela.

— O que NÃO DÁ NENHUM MEDO TAMBÉM, NÉ?! — Globlet exclama. — OI, ALADO! FESTA DO ABRAÇO?

— Globlet! — eu grito, jogando minha mão sobre a sua boca, que parecia de borracha. — Tipo, só não presta atenção nele... e talvez ele vá embora. Não olhe nos olhos dele nem nada. Apenas seja, tipo, *indiferente*...

ESTOU SENDO MUITO INDIFERENTE!

Eu olho para trás, apenas para ver se ele ainda está lá.

Ele está.

Ele está atrás da gente, mas não chega muito perto. É quase como se ELE desconfiasse da GENTE. O que é uma *loucura*.

Ele só quer... tipo... estar por perto.

O que seria ótimo, se ele não fosse *mau*. Finalmente, me canso daquilo...

Eu encaro o Alado e exclamo:

— Não sei o que você quer, mas o que quer que seja, não está comigo!

A criatura olha bem para mim e nossos olhos se encontram. De repente, uma breve *visão* do Alado aparece na minha mente.

Uma bola de tênis acertando um zumbi...

Meu armário na escola...

Os meus gritos funcionam.

A visão, que estava apenas começando a borbulhar, para.

Mas, enquanto a minha visão vai clareando, os meus olhos avistam uma enorme torre elétrica a distância, e não posso deixar de pensar... *TORRE*.

Argh. Olho para o outro lado, balançando a cabeça. Meu instinto está dominando o meu cérebro quase que por completo.

— Globlet — digo suavemente. — Eu sei o que temos que fazer...

— Sim. — Ela concorda com a cabeça. — Roubar um banco! — Globlet diz, ao mesmo tempo em que eu falo:

— Levá-lo de volta pra casa. E, não, Globlet. Não é "roubar um banco". A resposta nunca é "roubar um banco".

— Nunca?

— Nunca.

Ela chuta o chão e resmunga.

Precisamos levá-lo para um lugar *seguro*. Algum lugar em que os Rifters não vão encontrá-lo, porque se o encontrarem, eles vão entregá-lo para o Thrull.

Essa criatura é apenas um bebê. Um *bebê Monstro Alado*, mas, ainda assim, um bebê. E está sozinho e machucado, e foi por isso que o ajudei no parquinho.

Não posso simplesmente parar de ajudá-lo agora. Com a minha aventura solo ou não.

— Está bem, nosso acordo será o seguinte, Alado — começo a falar. Paro um pouco, tentando encontrar as melhores palavras. Finalmente, minha boca se move e eu digo...

Tipo, você pode vir com a gente.

Mas chega dessa coisa de você entrar na minha cabeça quando quiser.

Vou te ajudar, mas você ainda é um Alado, e não confio em você.

E NÃO somos amigos, tá? Somos... hã... somos companheiros de viagem!

A criatura solta um grasnido. E eu tenho a impressão que é de alegria.

— Sabe de uma coisa? — Globlet diz. — Ele precisa de um nome, se vai ser o seu amigo de confiança...

— Ele não é o meu "amigo de confiança"! Você não ouviu o que eu...

De repente, uma espécie de criatura roedor-rato passa pela gente, e o Alado corre atrás dela, como um filhote de beagle atrás de um esquilo. Tudo que vejo é um flash de neon e...

— VOLTE, NEON! — Globlet grita.

— Espera... *Neon*? — pergunto. — De onde você tirou o nome Neon?

— Alôôôôô. Ele tem um visual de neon! — Globlet diz. — Por quê? Você acha que é um nome ruim?

— Não, é bom. A gente apenas não tinha, tipo, concordado com isso. E então você começou a usar ele. Eu fui pega desprevenida.

E então sou pega de surpresa novamente: *Neon* reaparece, colocando a cabeça sobre uma pilha de escombros.

— Certo, Neon, agora vamos te levar pra casa — digo, dando um grande e dramático passo para frente. Nós, corajosas almas, vamos levar *você para casa* e para *longe do Thrull*.

— E onde é a casa dele? — Globlet pergunta.

— Ah, é — respondo e paro. — Boa pergunta. A gente devia saber disso antes de...

WHACK!

O chão sob meus pés SE ABRE com um *SNAP* alto. Eu cambaleio para trás. Limpando a sujeira dos olhos, vejo que o chão em que eu estava não era chão de forma alguma. Era a tampa de um tipo de *penico*!

Em primeiro lugar, que nojo.

Em segundo lugar, *quem abriu a porta?*

— Bem, olá, bons gentis! — uma voz diz. Um pequeno monstro está saindo do vaso sanitário virado, como se estivesse saindo de um abrigo subterrâneo secreto.

E então, meio segundo depois, quando estou tendo um vislumbre da coisa...

SLAM!

Aaiii!

Capítulo Doze

Neon está sobre ele em um flash, rosnando, com suas garras prendendo o monstro no chão. A boca de Neon está entreaberta e saliva rosa-amarela goteja no rosto da criatura.

— Ei — grito. — Neon, pare! Não atacamos estranhos!

— A gente ABRAÇA estranhos! — Globlet diz.

Eu resmungo:

— Não, Globlet! Isso não. DEFINITIVAMENTE não. Nada de ataques e nada de abraços!

Neon fareja a criatura, então olha para mim como se estivesse perguntando se poderia comer aquela coisa.

— Isso é um grande não, Neon — digo.

Neon recua, relutante, permitindo que o monstro se recomponha. A criatura se levanta, se limpa e eu finalmente consigo vê-lo, vê-lo de verdade, pela primeira vez. Ele lembra vagamente uma coruja gigante a caminho de uma aula de magia para iniciantes.

Carregando na mochila coisas de uma família vende-tudo.

Olhos de sabe-tudo.

Cachecol estiloso sem querer.

Óculos protetores mais grossos que os da minha avó.

De repente, o cara coruja gigante abre um sorriso enorme.

— Arrá! — ele exclama, apontando o dedo para mim. — Eu sei *exatamente* o que você é!

— Uma pessoa confusa? — pergunto.

— Por favor! Fique parada enquanto eu pego as minhas publicações!

O monstro tipo coruja mergulha de volta no penico. Eu ouço batidas e mais batidas, como se um monte de panelas e frigideiras estivessem em uma luta corpo a corpo. Quando ele reaparece, seus óculos estão colocados e ele está equilibrando uma enorme pilha de livros.

Neon aparentemente não está se divertindo com nada disso, porque ele sai correndo, farejando e explorando.

— Eu sei que está em um desses... — o cara coruja diz, empurrando os livros para frente, em seguida, saindo de novo do penico.

Ele folheia os livros, então para e enterra o bico em um deles.

— Mas é claro! Sei pela minha experiência nesta dimensão que vocês certamente são... um periquito e um micro-ondas, duas criaturas terrestres conhecidas por sua relação intimamente ligada um com o outro.

— Não. Humana.

— E eu sou Globlet. Não sou um micro-ondas. *Não mais*.

— Mas é claro! — a coruja exclama. — Foi o que eu disse!

— Você disse periquito e micro...

— Não, você entendeu errado. Veja, eu não quero me gabar — ele diz, no tom de alguém que está definitivamente prestes a se gabar —, mas eu sou tipo um ESPECIALISTA em humanos. No entanto, você é, na verdade, o primeiro humano que conheci em *carne e ossos*!

— Não me diga... — eu falo. Talvez eu esteja com fome porque estou me sentindo *bem impaciente*.

— Aah! — ele exclama, de repente muito animado. — Podemos fazer aquela coisa dos humanos?

Eu pisco duas vezes.

— Você saaabe — ele diz. — Aquela com as mãos!

Será que ele quer dizer aperto de mão? O único não humano que conheci que apertou a minha mão foi o Sr. Peppers, e isso só porque passamos sete meses treinando ele. E mesmo assim você tinha que dar um biscoito com sabor de bacon como recompensa.

Estendo a mão e faço uma pausa.

— Você lava as mãos depois de usar o seu... hã, a sua *casa*, né?

Tarde demais...

OLÁ, DEDOS HUMANOS! SOU O JOHNNY STEVE! QUAIS OS SEUS NOMES?

— Ceeeerrto, chega disso! — digo, puxando minha mão. — E desculpa, você disse que se chama *Johnny Steve*?

O monstro tipo coruja, Johnny Steve, concorda com a cabeça com entusiasmo.

— Eu *me* nomeei para que pudesse me encaixar com qualquer humano que encontrar. Escolhi um nome daqueles seus gigantescos livros amarelos de números de telefone!

— Aaah, cara, eu quero me nomear também! — Globlet choraminga. — De agora em diante, me chame de PATTYBOLO HAMBÚRGUER JONES!

Johnny Steve se curva graciosamente.

— PRAZER EM CONHECER VOCÊ, PATTYBOLO HAM...

— NÃO! NÃO! Nada disso! — exclamo. — Globlet, você é a Globlet. E, bom, por que não, você é o *Johnny Steve*. Eu sou a June. E esse esquisitão feroz é o Neon.

Neon está ocupado metendo o focinho no penico de Johnny Steve. Olhando para trás, Johnny Steve explica:

— Veja só, sendo um especialista em humanos, escolhi fazer a minha casa no lugar que os humanos mais amam... O BANHEIRO. Você sabia que os humanos AMAM banheiros? Ainda mais do que flores, pizza ou internet!

Estou prestes a explicar que ele está errado. E que, além disso, você nunca sabe mesmo o quanto ama os banheiros até que todos eles parem de funcionar. Mas então...

KRR-CHHHHHH!

Um assobio no meu cinto!

O rádio!

Isso me assusta e dou um pequeno salto para trás. Devemos estar de volta ao alcance do sinal! Estou ansiosamente procurando por ele e o arrancando do meu cinto quando...

POW! Neon ataca, arrancando o rádio da minha mão com os dentes!

— Não! — eu grito. Minha mão está segurando a base e estamos presos em um cabo de guerra. — Não! Me... devolve... isso! Alado mau! Neon mau!

Eu puxo com mais força, mas isso só faz Neon puxar com mais força. Ele está pulando feliz de pata em pata, como se este fosse o melhor jogo de todos os tempos. Sua saliva brilhante espirra no rádio. Minhas mãos estão escorregadias e sinto meu aperto afrouxar.

— Cabo de guerra é divertido — falo —, mas NÃO é a hora ...

GULP!

Ele engole o rádio, enquanto minhas mãos escorregam e eu caio para trás.

Neon estufa o peito e sorri com orgulho. Ele parece pensar que acabou de me salvar de algum tipo de inseto zumbidor em forma de caixa.

— Que ótimo — digo com um suspiro. Sem rádio. Nada de entrar em contato com os meus amigos. Não há esperança de que a cavalaria apareça para me ajudar. Eu me largo numa pedra próxima, empurrando a minha mochila de lado, me sentindo muito desesperada.

Johnny Steve se aproxima. Ele tira seu capuz e me olha nos olhos.

— Parece que você escolheu embarcar numa grande missão.

— Hããã... — começo a falar com um encolher de ombros. — Não tenho certeza se *escolhi* embarcar numa grande missão. Mas, sim, eu e a Globlet estamos tentando fazer com que esse monstro comedor de rádios volte para a própria espécie dele. Só que não tenho ideia de onde encontrar a espécie dele. Ou o que eu faria se os encontrasse. Os Alados são...

— Maus — Johnny Steve diz em um sussurro misterioso. — Na verdade, os adultos dessa espécie são muito asquerosos. Eles servem... — Ele olha em volta e sussurra: — *Aquele Que Será Nomeado Como um Bando Inteiro.*

— Espera aí, espera... o quê? Aquele Que Será...

Reżżőch, o Antigo, o Destruidor de Mundos!

Sabe, o Reżżőch! A razão de estarmos todos aqui! Você não sabe sobre o Reżżőch?!

Você se diz humana, mas não sabe nem um pouquinho sobre o Reżżőch? Ah, cara, o Reżżőch é o pior. O mais terrível, o super malvadão Reżżőch. É só coisa ruim.

— Cara — eu falo brava. — Eu sei sobre o Reżżőch! É por isso que queremos levar o Neon pra um lugar seguro! Um bando de Rifters está atrás dele e...

— Ahh, Rifters — Johnny Steve me interrompe. — Piratas interdimensionais! Mau negócio. Quer dizer, piratear é um *bom negócio*! Muita liberdade, sem necessidade de usar calças. Mas do que você está falando é, no geral, um *mau negócio*.

— Esses Rifters estão tentando entregar aquele Alado pro Thrull.

— Thrull! — ele exclama, balançando a cabeça. — O assunto do momento! É claro que os Rifters iriam até ele... eles ficam do lado de quem tem mais poder.

— Espera aí — interrompo. — O que você sabe sobre o Thrull? Você sabe sobre a Torre? E, ugh, você disse que o Thrull é *o assunto do momento*?

Johnny Steve fica quieto. Depois de um tempo, ele sussurra:

— Não devemos falar da Torre, humana. Deixa um gosto ruim nos nossos cérebros. Uma coisa muito ruim, essa coisa.

— Eu sei disso, tonto — eu digo enquanto me sento no chão, cansada. — Eu sei disso.

Johnny Steve me olha. Então olha pra Globlet. Ela acena para ele. Ele acena para mim. É um momento bem estranho.

Johnny Steve parece que está considerando algo importante. Ele anda por alguns momentos, então, de repente — *whack!* —, ele bate seu cajado no chão. Vejo que é tanto uma bengala quanto uma espada.

— Humana June — ele diz. — Vou te guiar. Eu sei onde tem um ninho de Alados, não tão longe daqui, mas não tão perto também.

Eu lanço um olhar cético.

— Por que você ajudaria a gente?

Seu pequeno nariz aperta para dentro.

— Eu explorei essas terras. Sei aonde você deve ir e sei que não vai conseguir fazer isso sozinha. Os humanos são notoriamente frágeis.

Você não respondeu a minha pergunta. Por que ajudaria a gente?

Se você sabe sobre o Thrull e o potencial da Torre, então já tem uma resposta...

Olho para Globlet, esperando que ela possa oferecer algum conselho sábio. Mas Globlet está tentando fazer uma parada de mão.

— Mas... — Johnny Steve diz. — Devo pedir algo em troca.

Claro. Esta é a parte em que ele barganha pela minha alma ou pela alma de um dos meus amigos ou me pergunta se eu conheço um lugar onde ele pode barganhar por uma alma, de forma rápida, sem perguntas.

— Em troca de guiar vocês — ele diz —, eu peço uma conversa. Como eu disse, sou um *especialista* em humanos e, agora que estou na companhia de um humano real, estou animado para discutir a sua estranha espécie.

Nada mal, penso. *Estranho, mas nada mal.*

Mas há um problema.

— Não gosto de ser guiada pelos outros — digo para ele. — Eu meio que me orgulho de ser independente.

— Ei, relaxa, Beyoncé... — Globlet fala.

Lanço um olhar bravo para Globlet.

— Que tal isso, Johnny Steve: *me diga* onde fica o ninho, e eu vou deixar você vir com a gente.

— E vamos conversar sobre coisas humanas? — ele pergunta com entusiasmo.

— Pode apostar.

— Combinado! — ele diz.

E, com isso, amarro meus cadarços, puxo as alças da mochila e me certifico de que o Presente está preso no meu pulso.

Em um flash, Neon está ao meu lado, mas eu não o afasto. Estou pronta para continuar com isso, pronta para o que vier.

E, assim, continuamos nossa jornada, só que agora temos um destino definido.

> Vamos lá, esquisitões. Johnny Steve, pode me dizer o caminho enquanto andamos.

> Mas lembre-se: esquerda é norte e direita é sul.

> Direção de palco ou horário militar?

> Isso!

Capítulo Treze

É um caminho estranho e aleatório.

Cruzamos pontes em ruínas que quase desabam sob nossos pés. Marchamos ao longo de rodovias que se tornaram estacionamentos repletos de zumbis. Passamos por postos de gasolina que agora abrigam lesmas gigantes adormecidas que bebem gasolina enquanto roncam.

É uma longa caminhada... e Johnny Steve fala o *tempo todo* sem parar.

— Estou tão emocionado por conversar com um humano genuíno! — ele explica. — Minhas tentativas anteriores de comunicação não foram muito boas.

— Isso era um zumbi — digo. — Você tem tentado falar com zumbis.

Acontece, porém, que o Johnny Steve não se importa muito com o que eu penso sobre a vida humana. Em vez disso, ELE quer ME contar sobre como é ser humano. Ele recita uma lista de seus fatos humanos favoritos...

1.) Os humanos podem respirar debaixo d'água, mas optam por não respirar (por causa do odor).

2.) Os humanos nem sempre têm pelos. No entanto, eles foram amaldiçoados por um ser mágico conhecido como o Urso do Cabelo, e agora os humanos têm pelos demais. Não há mais penas ou escamas. Além disso, o Urso do Cabelo mora em Dakota do Norte, em um lindo trailer.

3.) O ser humano mais famoso da história da humanidade é um mago chamado Barry Potter.

— Opa, pode parar! — digo. Esse cara pode mutilar a anatomia humana o quanto quiser, mas *não* vou deixá-lo mexer com HP. — É HARRY Potter.

Johnny Steve me lança um olhar interrogativo.

— Não seja ridícula — ele zomba. — Harry Potter é um bruxo fictício de um livro!

— Espera. Mas você disse que...

— Além disso — acrescento, ficando um pouco irritada. — EU SOU uma humana! Então você não precisa explicar coisas humanas pra mim. Você não acha que eu saberia se pudesse respirar debaixo d'água? Nenhum humano pode. Exceto o Kevin Costner. E eu não sei o que isso significa, mas ouvi o Jack dizer isso uma vez enquanto dormia.

— Ah, é verdade! — Johnny Steve diz. — Ninguém consegue respirar debaixo d'água como Kevin

Costner! Ele é de primeira! Mas você com certeza é *capaz*. Mas simplesmente não se esforçou o suficiente.

Por um momento, me pergunto se Neon teve a ideia certa quando quase comeu o rosto do Johnny Steve.

Agora, porém, Neon está no seu próprio mundo. Ele é como o cachorro mais destreinado, descontrolado e estúpido do mundo. Ele simplesmente continua correndo na frente, comendo coisas, quebrando coisas, e então se apressando de volta para a gente com cara de *viu? Viu o que eu fiz lá? Você me viu comer aquela placa de rua? Não foi mesmo INCRÍVEL?*

— Pronto — Johnny Steve fala, interrompendo minha linha de pensamento. Ele está apontando para a frente. — Precisamos cruzar *aquilo* para levar a criatura para a família dela.

Meu coração fica pesado.

Topo das casas.

Carros flutuando.

Capítulo Catorze

Água.

Muita água.

É uma cidade completamente alagada. E não tem como a gente dar a volta...

> Outro Big Burguer! Falei que tem em todo lugar!

> Trepadeiras! Trepadeiras!

> Tomara que não seja algo horrível ou mortal.

Eu tenho um mau pressentimento sobre isso. E não apenas porque não trouxe um maiô.

— Como vamos atravessar? — pergunto.

— Ooh! Já sei! Já sei! — Globlet exclama. — E se... eu inflar como um bote salva-vidas e levar a gente pro outro lado?

— Nossa, você consegue inflar como um bote salva-vidas? — pergunto.

— Ah. Ah, é. Bom, não. Eu não consigo. Deixa pra lá, ignora essa ideia.

Eu suspiro e dou um passo à frente. Avalio a situação como um repórter, explorando os fatos para descobrir qualquer informação que possamos *usar*.

Parece haver destroços flutuantes suficientes, carros, caminhões, lixo, para saltarmos de um para o outro. Eu penso: É como cruzar um riacho pulando de pedra em pedra. Só muito mais intenso.

Neon corre até a beira d'água e olha para trás... ele está ansioso para atravessar.

— Certo — digo. — Já vi você pular e se lançar pro alto. Agora você vai fazer o mesmo, de uma coisa para outra, do começo ao fim.

Pego minha mochila e tiro minha lança que foi quebrada em duas por ter sido arrastada pelo Ogro. Entrego um pedaço para o Johnny Steve.

— Vamos fazer salto com vara. Como nas Olimpíadas. Podemos passar por todo o caminho sem nunca tocar na água.

Para mim, eu uso a lança de guerra que roubei dos Rifters.

Momentos depois, examinamos a pista de obstáculos aquática. Então, eu respiro fundo, me agacho e me lanço, e estamos a caminho...

> Tenta acompanhar a gente!

> Curiosidade! O salto com vara foi inventado por Bill Murray em 2045!

Eu aterrisso tranquilamente no teto de um caminhão flutuante. Globlet e Johnny Steve me seguem, e depois de um momento lento e tenso, Neon pula também.

Eu olho em volta, encontro o pico de um telhado inclinado de uma lanchonete e dou o próximo salto.

BAM! Aterrissagem perfeita.

Continuamos assim. Sem conversas. Não podemos perder o foco.

Já chegamos quase na metade do caminho quando Neon parece estar ganhando coragem. Estamos no teto de uma ambulância flutuante quando Neon me lança um olhar diferente, como se quisesse ter certeza de que estou prestando atenção.

Então, franzindo o rosto com determinação, ele pula do teto!

Vejo o momento em que Neon pegaria a brisa, se ele tivesse asas, e me pego prendendo a respiração. É como se eu esperasse que talvez asas extras de reserva de repente surgissem e o levassem para o céu.

Mas... não.

Ele cai com tudo na nossa próxima parada: um emaranhado de plástico flutuante. Ele tenta se levantar, mas, em vez disso, cai de barriga no chão.

— Neon! O que você estava pensando? — *Não precisamos* de contratempos como esse. Mas o Neon é a razão de estarmos fazendo isso.

De repente, Johnny Steve passa correndo por mim.

— Estou indo, criatura! — ele diz enquanto pula da ambulância e pousa na ilha de plástico.

Eu sou a próxima, bato na superfície de plástico e deslizo para o Neon. Ele tenta se levantar de novo, mas escorrega e agora está deslizando para o lado.

Há um THWACK alto quando ele bate com as garras no plástico.

— Vamos, Neon, você consegue! Dá um gás nesse esforço! — Johnny Steve fala. Ele olha para mim e diz: — Essa é uma das minhas frases humanas favoritas.

Enquanto as garras de Neon cavam mais fundo, eu sinto o pedaço flutuante de plástico *tremer*. Antes que eu possa responder, há um som alto de...

BBRRRR-ERRMM

O plástico começa a *subir*. Já estive em situações como esta antes, e elas não terminam bem.

— June! — Globlet grita. — Tô com calor na barriga!

Este plástico não é plástico, eu finalmente percebo. É pele. É um corpo. E está subindo, saindo da água, cada vez mais alto.

— TODO MUNDO SE AGARRA A ALGUMA COISA! — grito.

E eles fazem isso.

Se agarram em *mim*!

Os dedos de metal da minha Coisa-Blaster--Gerigonça-atiradora pressionam a pele dessa criatura-que-ainda-não-se-revelou.

— EI, PESSOAL! — Eu grito. — SE TODOS FICAREM PENDURADOS EM MIM, NENHUM DE NÓS VAI ESTAR PENDURADO POR MUITO TEMPO!

— NÃO SE PREOCUPE, JUNE! — Johnny Steve grita. — HUMANOS PODEM FACILMENTE SOBREVIVER A QUEDAS DE ATÉ 28.184 METROS!

— Isso não é verdade! — Eu grito.

— Na verdade, é! Você simplesmente não sabe o suficiente sobre...

— QUIETO! — Eu grito.

Olhando para baixo, vejo a ambulância flutuando atrás de nós. É um alvo grande o suficiente... acho. Eu *espero* que seja.

Se subirmos mais, a queda será mortal.

Então, eu prefiro cair agora.

— Gente — eu consigo dizer. As garras do Johnny Steve agarram meu tornozelo. — Isso vai doer. Mas não de propósito.

E então eu apoio os meus pés na pele da criatura e nos empurro para fora, pulando pra longe daquele monstro, e estamos voando, caindo, despencando...

Capítulo Quinze

Nós caímos.
E caímos.
E então...

BAM!

Atingimos a ambulância como quatro minúsculos cometas caindo na terra. Johnny Steve rola para o Neon, então eu bato nos dois, e Globlet cai de cara no meu rosto.

Eu dou uma sacudida na cabeça pra voltar ao normal.

Olhando para cima, vejo uma placa enorme do Big Burguer que está balançando para frente e para trás, enquanto o monstro vai se levantando.

A ambulância está girando como uma boia numa piscina de ondas. A água espirrando e rolando fica mais agitada. O enorme monstro emerge totalmente, se voltando para a gente.

E eu suspiro, porque... bom...

— Olha a cara dele! Ele é muito fofo! — eu deixo escapar.

— AhMeuDeus, fofo DEMAIS! — Globlet adiciona.

– Grandão Fofo e Molhado! –

Enorme.

Parece um porquinho-da-índia gigante.

BB's

Pernas atarracadas, garras pequeninas e fofas.

Ouço Johnny Steve se levantar, cambaleando. As garras do Neon perfuram o capô da ambulância, segurando-o com força. Minhas costas estão doendo.

— Isso tudo é uma grande confusão — eu digo. — Mas eu meio que quero abraçar aquela gracinha. Isso é tão errado assim?

— Ah, é — Johnny Steve fala. — É muito errado, sim. Isso é um Ploonk. E Ploonks não abraçam.

Antes que eu possa *perguntar* por quê, *vejo* por quê.

Acontece muito rápido, num instante, a carne do Ploonk se *rearranja*! Ossos se curvam, e então a sua face está se dividindo, mudando e se abrindo como as pétalas de alguma flor horrível e hedionda.

Sua cara abraçável, parecida com o focinho de porco-da-índia, sumiu, substituída por um rosto que só uma mãe poderia amar. E, mesmo assim, teria que ser uma mãe com um coração *bem imenso*.

A boca do Ploonk se abre por completo, e um tornado de ar terrível e estridente é desencadeado...

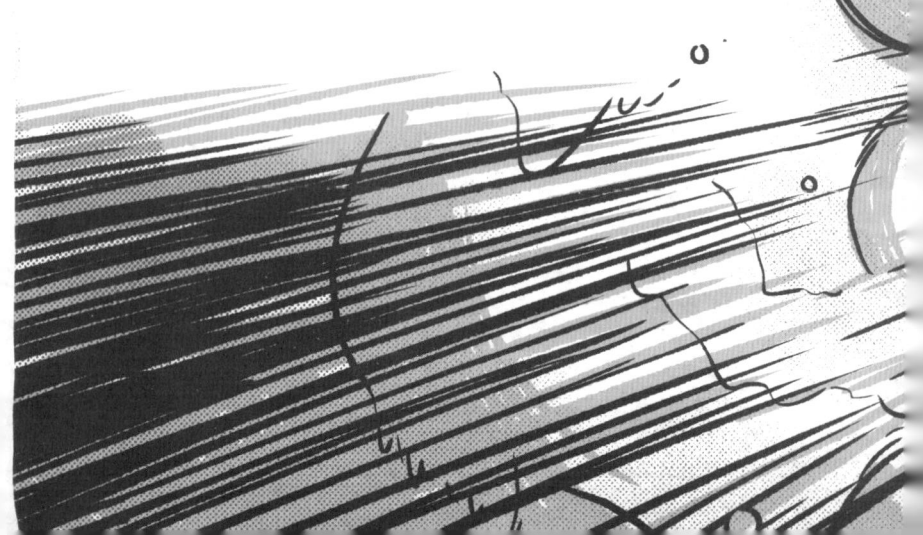

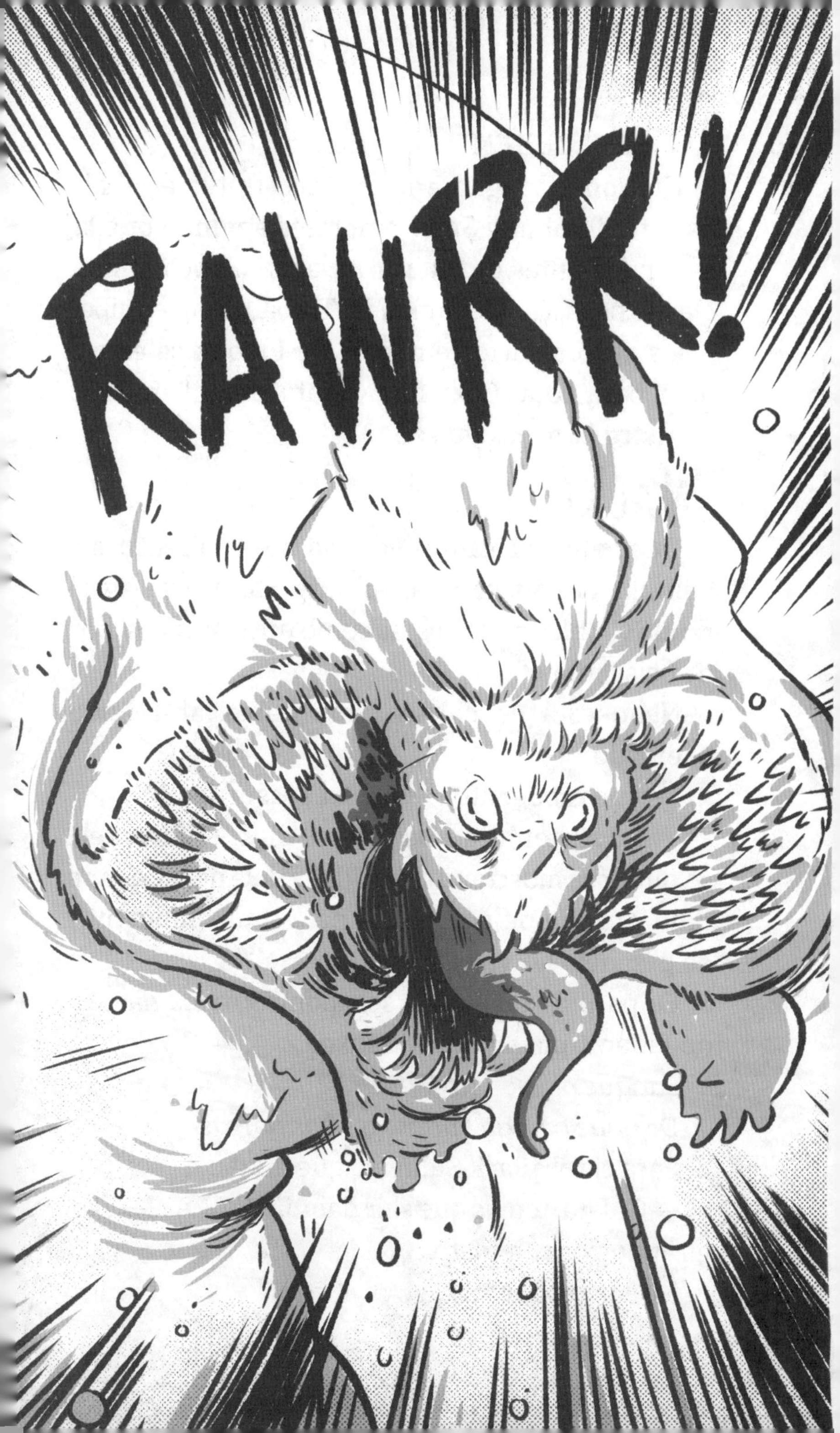
RAWRR!

— SE SEGUREM! — eu grito.

Uma onda se agita, a ambulância flutua, e eu caio para trás. Johnny Steve amortece a minha queda, segundos antes de eu cair na água. Estico a mão, ele me pega, Globlet aplaude. Trabalho em equipe!

Os braços curtos e roliços do Ploonk se estendem para fora. Com força lenta e deliberada, o monstro *bate* na água e...

SMACK!

Duas ondas rolantes vêm na nossa direção, e a ambulância quase vira. Johnny Steve está agarrando Globlet pelas costas como um arremessador de beisebol.

Neon está de barriga para baixo, abraçando o telhado.

— Que rabugento — Globlet sussurra.

— Talvez tenha acabado — eu digo. — Talvez ele só quisesse mostrar a capacidade dele de mudar de uma carinha de porco fofa para um combustível de pesadelo horrível! E agora...

Eu paro de falar. Vejo seis pontos roxos na pele do Ploonk, pingando lodo roxo.

Sangue de monstro.

De onde o Neon enfiou as suas garras.

Para citar o Jack Sullivan, que droga.

— Galera, temos que sair daqui, AGORA! — digo, girando por completo.

Mas não podemos.

Porque o Neon está no meio da água! Ele desliza e as suas garras arranham a ambulância ensopada. Há uma centelha de cor e então...

SPLOOSH!

Neon desliza para a água.

— Neon, volta aqui! — grito. — Não tem tempo pra brincar! Esse monstro gigante é...

— Ruim — diz Johnny Steve. — Isso tudo é muito ruim. Os bebês Alados não sabem nadar.

Demoro um momento para processar o que o Johnny Steve acabou de dizer. E, quando faço isso, eu me viro.

O QUÊ? POR QUE NÃO DISSE ISSO ANTES? QUANDO O NEON ESTAVA EMPINANDO, PULANDO E TENTANDO VOAR?

É que eu fiquei surpreso por você não ficar preocupada. Os humanos não conhecem as habilidades de natação de um Alado?

Não, a June não sabe nada.

— NEON! — eu grito.

Escorrego e deslizo pelo teto da ambulância. Olhando para o lado, vejo o Neon. Ele está olhando para mim com olhos arregalados e cheios de medo enquanto afunda.

Outra onda de água.

O Ploonk começa a afundar para baixo da superfície. Está indo atrás do Neon.

— Ah, não, você *não* vai — murmuro.

Estreito os olhos, focalizando, mirando minha Coisa-Blaster-Gerigonça-atiradora, então...

POOF!

Eu atiro! Um gancho de arame flexível da marca Quint dispara pelo ar e...

SLAM!

TIRO CERTEIRO!

ARRR!

O cabo flexível começa a ficar tenso! O gancho de garra é preso à pele do monstro, mas o resto do arame ainda está dentro da minha Coisa-Blaster-Gerigonça-atiradora.

O Ploonk rosna, batendo na água. O arame puxa com a força do seu peso, e seguro a outra extremidade como uma vara de pescar. Mas não é o suficiente para parar um monstro tão grande, e então o Ploonk está à caça. Ele quer o Neon.

O monstro desce sob a água em perseguição, e percebo que tenho que ir atrás dele. Tenho que proteger o Neon. Rapidamente olho ao redor, procurando por algo para prender o fio. Meus olhos pousam na longa barra de luz de emergência da ambulância. Com o apertar de um botão, o cabo flexível se solta da Arma e eu o amarro na luz antes que ele se desenrole todo.

Muito bem, Ploonk, eu penso. *Se você está bravo agora, espera até descobrir que está preso numa ambulância.*

— Johnny Steve! — grito. — Vá para o outro lado! Eu vou atrás do Neon!

E antes que eu possa pensar em como isso é estúpido, estou agarrando Globlet, jogando-a nas minhas costas e mergulhando! Por uma fração de segundo, no ar, penso nas aulas de natação nas manhãs de sábado e, em silêncio, agradeço aos meus pais por me forçarem a ir todas as vezes que eu não queria. E então...

SPLOOSH!

Abro os olhos e só consigo ver tudo escuro como tinta preta. Então...

FLASH! Globlet acende, brilhando forte: ela emite uma esfera cintilante que nos rodeia.

Sou capaz de ter uma noção do que está ao meu redor. Tudo aqui é assustador e flutuante... parece um naufrágio de quinhentos anos, exceto pelo fato de ser uma cidade moderna inteira...

Estou vagando entre os carros e edifícios, procurando freneticamente nas águas turvas.

Então, lá embaixo, vejo bolhas de ar.

É o Neon! Eu o encontrei!

Ele está em pânico total, chicoteando a cauda e agitando as patas. Ele faz um giro frenético, raspando o chão, levantando uma nuvem de terra. Eu começo a nadar rápido na direção dele, mas então sua cauda estala e...

KSSSHH!

Sua cauda quebra o poste ao meio! Assisto com horror quando o poste de metal tomba em câmera lenta. Há um **SMASH** subaquático silencioso quando o poste pousa, prendendo o Neon no chão!

Ele tenta chutar e se soltar, mas o metal dentado aperta forte as costas dele.

Estou perdendo o ar. Meu cérebro, a parte da sobrevivência, está gritando para mim: *É um Monstro Alado! E Alados são maus! Não morra tentando salvar algo mau!*

E eu quero ouvir o meu cérebro.

Mas quase posso sentir a minha consciência chutando a minha bunda, me lembrando que a *coisa difícil* de fazer geralmente é a *coisa certa a se fazer*.

Consciência estúpida! Eu penso enquanto bato os pés furiosamente, disparando na direção do Neon.

Passamos rápido por latas de refrigerante e notebooks quebrados, finalmente contornando uma placa de pare amassada.

E então eu estou lá, girando debaixo d'água, apoiando os meus pés no chão. Tento puxar o poste.

As pálpebras do Neon estão pesadas, tremulando e se fechando. Estou ficando sem tempo...

Enquanto estou puxando, meus dedos tocam as garras do Neon. E então uma garra começa a se enrolar em volta da minha mão, como nos filmes, quando você vê o bebê recém-nascido envolvendo sua mão gordinha de bebê em volta do dedo do pai.

Sinto uma espécie de zumbido elétrico e...

FLASH!

Um furacão de imagens na minha cabeça.

Os olhos do Neon estão dançando. Ele não está tentando fazer isso. É a sua mente, correndo, perdendo oxigênio... ele não consegue controlar.

Estas não são visões. São memórias. Minhas memórias! Existem duas delas, cristalinas...

Consigo puxar minha mão da garra do Neon. Enquanto me liberto do seu toque...

ZAP!

As visões terminam.

Voltei. Onde eu estava. Embaixo d'água. Eu nunca saí daqui. Mas tenho muito menos oxigênio.

Preciso me apressar.

Eu cerro os dentes e puxo o Neon o mais forte que posso. Não consigo prender a respiração por muito mais tempo, e o Ploonk está atrás da gente. Mas então os olhos do Neon se abrem de repente e...

KRAK!

Sou transportada novamente.
Mas não são as minhas memórias.
Isto é outra coisa.
Algo que não é desta Terra...

Em algum lugar no final do meu braço, a garra do Neon de repente está gelada e me segurando com mais força. Eu posso sentir o seu pulso, posso sentir o seu sangue bombeando logo abaixo da superfície da sua pele.

É estranho.

Mas o que vejo é mais estranho...
Primeiro...

KA-KRAKKKK!

Onde nós estamos?
Que lugar será que é este?

A visão é interrompida por um enorme...

SLAM!

O Ploonk! Está de volta atrás do Neon! E ele ataca! Eu me abaixo bem quando o Neon consegue enterrar sua cabeça no chão, e o poste de rua é jogada para o lado.

Vamos! Vamos!

SLAM!

Outro golpe, e agora estou dando cambalhotas na água. Minha visão está turva. Em algum lugar, acima ou abaixo, vejo o brilho fraco da Globlet.

Meus pulmões parecem estar pegando fogo.

Eu quero nadar para a superfície, mas não sei dizer que direção é para cima...

Então, de repente... algo *me atinge*! Meus olhos se arregalam e...

Neon não sabe nadar, mas dá um salto poderoso e somos *lançados* para cima. Seus pés envolvem um prédio desmoronado, e ele nos catapulta para cima novamente, muito rápido, *e então...*

SPLOOSH!

Neon *nos lança* para fora d'água! Eu suspiro e, finalmente, respiro fundo, balançando debaixo dele por um momento até que nós dois descemos, caindo na margem de concreto na beira do lago. Seguros por um momento.

Eu deito no chão, completamente acabada. Estou tossindo água... em um nível de dor que nunca senti antes.

Viu? **Falei** que os humanos podem respirar embaixo d'água?

Para!

Acho que poderia ficar aqui o dia todo, penso. *É um bom lugar, como qualquer outro, para uma soneca de dez anos.*

Mas antes que eu possa ficar muito confortável, ouço a vozinha da Globlet no meu ouvido.

— June! Levanta! O Ploonk está super-mega-furioso agora!

Tudo que posso fazer é girar a minha cabeça. E é quando eu vejo o gigante Ploonk, aquele que começou todo esse negócio, caminhando furiosamente na nossa direção. Ele cruza o estranho lago em poucos segundos.

Os passos finais e furiosos do Ploonk o posicionam diretamente sobre nós. Prestes a se abaixar e nos esmagar...

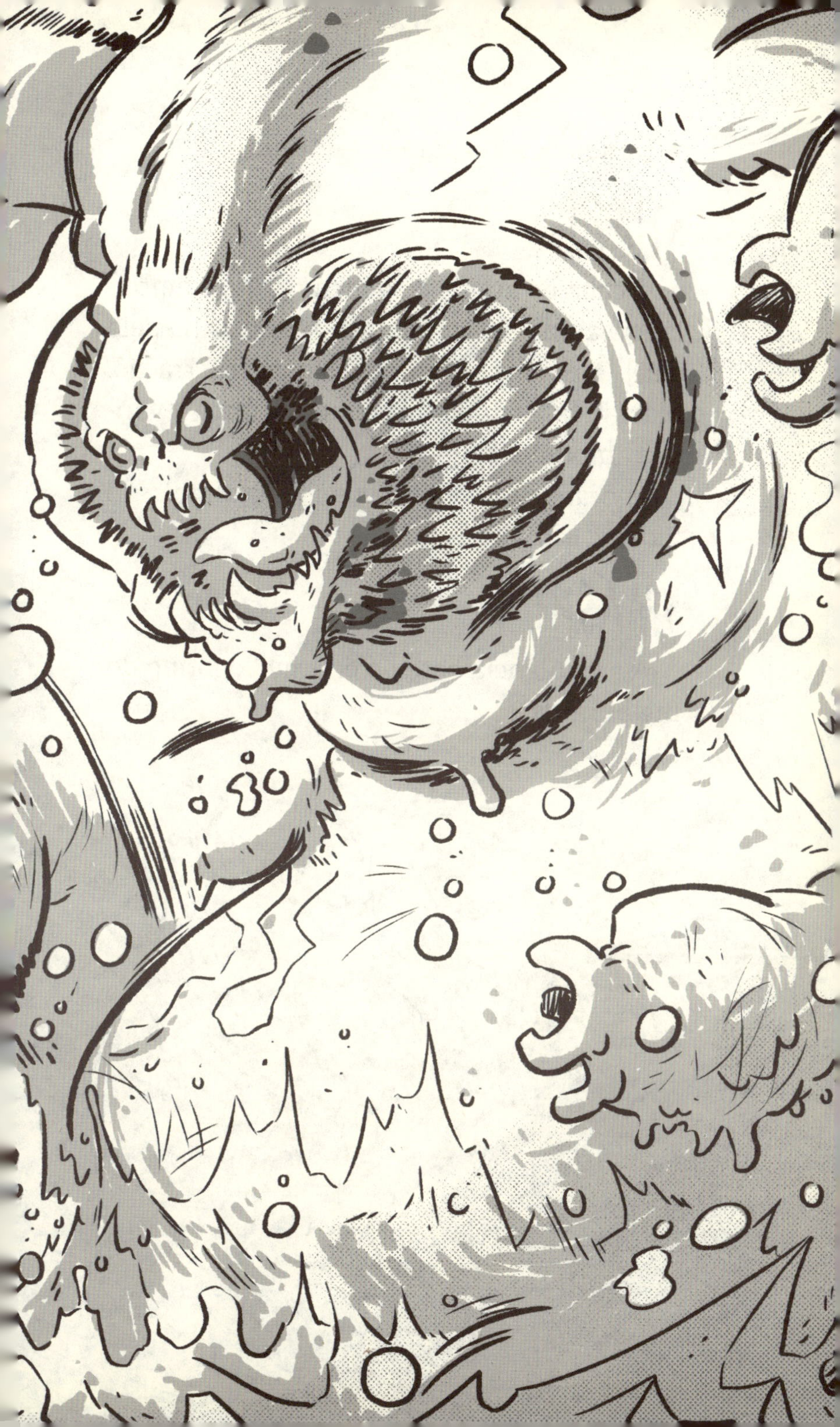

O Ploonk salta para a frente e...

SNAP!

O cabo de arame do gancho preso à ambulância ainda está embutido, agarrado na pele dele! O Ploonk se vira e ruge de frustração. Mas, ao fazer isso, sua tremenda força levanta a ambulância no ar!

Agora, ela está vindo, voando na direção do Ploonk, e então...

SMASH!

A ambulância bate no enorme logotipo do Big Burguer!

PRESO

O Ploonk faz uma tentativa final e depois se vira. Ele caminha na direção da torre do Big Burguer, derrubando a placa enquanto tenta se libertar.

— Aquele arame de luta é forte estilo Quint — eu digo. — Mas não vai durar pra sempre.

— Vamos dar o fora como um rasgo nas calças apertadas! — Globlet grita.

Johnny Steve ajuda Neon a se levantar e, então, estamos todos correndo.

Mas, enquanto corremos, não é no monstro enorme que estou pensando. É o que Neon me mostrou... o que eu vi dentro da minha cabeça...

Capítulo Dezesseis

Cambaleamos para longe da praça da cidade, finalmente nos abrigando dentro de uma velha doceria. Ela está detonada por dentro, tem uma máquina de vendas automática quebrada no chão e tudo cheira a xarope de refrigerante e presunto.

Neon está se movendo devagar, como se cada passo doesse. Sua cauda está enrolada, pressionada para trás.

— Ei, Neon, você tá bem... — eu começo a perguntar, mas então ele olha para mim, os olhos úmidos, e, de repente, cai no chão. Um baque pesado.

— Neon! — eu grito e corro, me surpreendendo com o quanto estou preocupada. Passo a mão sobre sua cauda enrolada. Neon estremece e tenta se esquivar, como eu no médico, tentando evitar uma vacina contra a gripe.

Consigo puxar a cauda para o lado e vejo um líquido verde brilhante. É sangue. Há longos cortes no topo de seus tocos de asas. Essa pele é macia, ao contrário do resto de sua pele brilhante. O poste de luz deve ter cortado ali.

> Ah, cara. Vou curar você, prometo.

> Tá feio!

Não é a primeira vez que preciso de uma bandagem improvisada durante o Apocalipse dos Monstros...

Na primeira semana em que fiquei sozinha na Escola Parker, cortei a minha perna feio. O pior é que não foi nem mesmo um machucado fazendo algo legal e heroico, como me esquivar de uma horda de zumbis. Eu estava tentando surfar no corrimão da escada perto da sala de arte. Mas o metal agarrou o meu jeans, fez um rasgo e me jogou no chão.

Cheguei na enfermaria apenas para descobrir que a Enfermeira Carol agora era a *Enfermeira Zumbi Carol*. Ela estava andando pelo escritório como uma espécie de minichefe de videogame. Mas eu estava com sorte!

Encontrei um daqueles doces em fita na sala de espera.

Era o curativo perfeito, até que acordei às duas da manhã com uma vontade louca por um lanchinho...

Aprendi uma lição valiosa: não use lanches saborosos como suprimentos médicos.

— Não tema! Vou encontrar algo para aplicar nas feridas dele! — Johnny Steve diz. Ele faz um carinho atrás das orelhas de Neon, então sai correndo.

Eu olho de volta para Neon e me pergunto, de novo, se estou mesmo *maluca* por tentar ajudar um Monstro Alado. Tipo, essa coisa toda pode ser um truque para me entregar para os Alados.

Ou pior, para me entregar para o Thrull.

Não! Eu não consigo acreditar nisso!

Eu *salvei* o Neon.

E *ele me salvou*. Eu estaria na praça da cidade inundada, *pra sempre*, se não fosse pelo Neon.

Claro, ele é destrutivo. E duro. E mais forte do que imagina. Mas depois de tudo que passamos, eu simplesmente não consigo acreditar que ele é *mau* como os outros Alados.

Em pouco tempo, ouço Johnny Steve chamando:

— Encontrei os suprimentos médicos! — ele diz, trotando ao virar a esquina. — Vem ver!

— EBAAAAA! — Globlet exclama. — Festa de suprimentos médicos! Vamos, June!

Neon consegue se levantar, enquanto Johnny Steve corre à frente.

Duas ruas depois, encontramos Johnny Steve. Nunca vi alguém tão orgulhoso — e tão errado...

Mr. Shivers

Vejam como esta ambulância está cheia de suprimentos! Tudo que precisamos! Copos, colheres, colheres longas, nozes. E ESTE CONE DE SORVETE, tradicionalmente usado pelos médicos humanos para cuidar dos pacientes.

— Johnny Steve — eu digo com um suspiro. — Você encontrou um caminhão de sorvete.

Mas prefiro não ter que continuar procurando suprimentos, então pego o que posso do caminhão.

Enrolo um monte de guardanapos de papel em torno dos tocos das asas feridas do Neon, em seguida, eu os prendo no lugar, derretendo granulados como se fossem um selo de cera.

— Não coma — digo para o Neon. — Não importa quão delicioso pareça. Vai por mim, sei por experiência própria.

Neon brinca com sua cauda, mas apenas lambe os granulados. Ele tem mais força de vontade do que eu, com certeza.

Johnny Steve e Globlet sobem na caminhonete. Johnny Steve está dizendo algo sobre querer ter a cabeça do mascote *Senhor Geladinho*, e Globlet está falando algo sobre uma cantiga do Choco Taco.

Então eu e o Neon ficamos sós.

— Ei — falo, olhando para ele. — Hã, obrigada por me salvar lá atrás.

Neon abaixa a cabeça, modesto, e vejo as protuberâncias onde as suas asas deveriam estar.

Penso sobre a visão que ele, acidentalmente, me mostrou quando estávamos debaixo d'água. Neon *costumava* voar. Ele *tinha* asas.

Alguém, ou algo, *tirou as asas dele*. É como um soco no estômago. Estico a mão para tocar o machucado, mas ele se afasta.

Ele apenas olha para mim por um tempo longo até demais, depois abaixa a cabeça.

Neon... suas asas... quem fez isso?

Foram os Rifters?

Acho que o que quer que tenha acontecido, deve ter sido bem horrível...

Capítulo Dezessete

Quando finalmente voltamos para a estrada, o sol está começando a se pôr. Tudo está encharcado de uma luz laranja cremosa calmante, e até mesmo as terríveis trepadeiras brilham douradas.

É lindo.

E todos devem estar pensando o mesmo porque, por um momento, ficamos todos calados.

Exceto o Neon.

Agora que está enfaixado, Neon tem muito mais elasticidade nos seus passos. Quero dizer, ele está praticamente saltitando! É muito fofo, um pouco fora de controle e meio doloroso.

SALTO

SPLAT

LARGA

CRUNCH

Neon é *exaustivo*, mas quanto mais eu fico com ele, mais tenho certeza de que ele não é mau.

Monstros do mal emitem um *fedor bizarro*. Sempre. Blarg, Thrull, Ghazt, todos eles fediam. Por exemplo, é como o cheiro de leite estragado que logo diz "não me beba!", o odor do mal praticamente grita: "CORRA PRA MUITO LONGE!".

Mas o Neon basicamente tem cheiro de balões de água e canetas mágicas. E se os Monstros Alados *não são* destinados a ser maus desde o momento em que nascem? Talvez eles simplesmente se *tornem* maus porque foram criados para ser *maus*?

Ou... talvez eles tenham, tipo, uma grande festa de "VOCÊ AGORA É MAU!" quando atingem uma certa idade, como uma festa de quinze anos...

Estou pensando em coisas importantes como festas de aniversário e a natureza do mal quando chegamos a um cruzamento de ferrovia. As trilhas se estendem infinitamente para o leste e o oeste.

— Ahh, sim — diz Johnny Steve. — Agora estamos chegando perto.

— Ele tá certo — Globlet fala. — Vejam.

Semicerrando os olhos, vejo algo no céu, bem, bem ao longe. Demoro um segundo para perceber que são Alados... eles estão tão distantes que não parecem maiores do que gaivotas.

Há uma dúzia deles, voando em círculos preguiçosamente no céu, como urubus.

— É só a gente seguir essas trilhas — Johnny Steve aponta. *Pra lá*.

Eu olho para os trilhos do trem.

Pra lá leva para o leste.

Mas eu fico imaginando... Os trilhos da ferrovia são como rios artificiais, você os segue por tempo suficiente e sempre *vai encontrar um lugar útil*. E me pergunto *que lugar útil* pode estar *na outra direção*.

Há uma placa no cruzamento. O musgo cresceu sobre ele e está coberto de sujeira endurecida. Dou um passo na direção dele, estendo a mão e limpo tudo. Por baixo da sujeira, vejo as palavras: **Lado Sombrio. Três quilômetros a oeste.**

Lado Sombrio. Isso me lembra de algo. Eu já vi esse nome antes...

Claro. O MAPA! Depois do Apocalipse dos Monstros, durante os meses em que fiquei sozinha na escola, passei uma eternidade de horas debruçada sobre um mapa de Wakefield e *todas* as cidades e vilas vizinhas.

Eu estava procurando por lugares onde os sobreviventes poderiam estar, como bases do exército. Não encontrei nenhum lugar. Mas, cara, olhei para aqueles mapas por tanto tempo. Eu *nunca esqueceria* o nome de uma cidade.

A razão de eu conhecer o Lado Sombrio é porque o lugar está na mesma linha de trem que Wakefield! Se eu seguir essas trilhas para o oeste, VOU VOLTAR PRA CASA.

Então fico olhando para os trilhos. Casa. Wakefield. Está perto. E estou tentada.

É o que eu *quero fazer*.

Eu poderia dar um tapinha no traseiro do Neon e mandar ele embora. Aposto que Johnny Steve poderia levar Neon de volta para o ninho. *Talvez*.

Mas olho para trás.

E vejo Neon olhando para mim.

Ele me mostrou algo, quando estávamos debaixo d'água. Foi uma lembrança. Eu e meus amigos, felizes juntos. E então ele me mostrou outra memória, dele mesmo, voando com os outros Alados.

Faz sentido... Eu quero voltar para casa em Wakefield, para os meus amigos.

Neon quer voltar para a sua família, a sua espécie.

Mas se eu *não levar* o Neon de volta, mais cedo ou mais tarde, os Rifters vão pegá-lo. E vão levá-lo para o Thrull. E isso será ruim para *a minha dimensão*.

Mas espera, penso. *E se tiver outro jeito?*

A gente poderia voltar para Wakefield! Eu encontraria Jack, Quint e Dirk! A gente fritaria um pouco de melancia e colocaria algumas músicas de dança no aparelho de som. E então, *juntos*, poderíamos todos levar o Neon para o ninho dos Alados.

A gente poderia terminar esta missão como uma *equipe*.

Claro, demoraria mais. Mas é a jogada *mais inteligente*! A jogada mais segura!

E estou quase decidida. Me volto para os meus companheiros e digo:

— Pessoal, estou pensando em uma mudança de planos...

REEEARGH!

É um rugido de arrepiar e gelar a espinha.

— Ogros! — Globlet diz, olhando para trás como se eles estivessem bem ali.

— Eles devem ter alcançado a cidade inundada — Johnny Steve diz.

Engulo em seco.

— E se viram o Ploonk amarrado, sabem que fomos nós. Isso deve ter colocado eles de volta no nosso rastro.

— NEON! — Johnny Steve exclama.

Então corre na direção dele. Neon está no chão e todo o seu corpo está tremendo. Eu corro, me ajoelhando. Tento passar a mão nas suas costas, onde costumavam estar suas asas, mas ele grasna, se debate e me empurra.

— Não se preocupa, não vamos deixar que eles te peguem. Não vamos deixar que te levem pro Thrull.

REEEARGH!

Outro rugido de Ogro! Mais alto! Mais próximo!

Neon grasna, uiva e bate o seu corpo no chão! Eu me abaixo, mas ele golpeia a minha mão e sai correndo!

— NEON! NÃO! — grito.

Ele está correndo pela trilha com a cabeça baixa, como um touro de rodeio, apenas tentando ficar o mais longe possível daqueles uivos de Ogro.

Mas ele está indo para o lado errado, para longe de Wakefield.

Dou uma última olhada para trás, na direção de casa, e então saio correndo o mais rápido que posso atrás de Neon.

Está anoitecendo quando finalmente alcançamos o Neon. Nossa, pensei que eu era rápida, mas o Neon é como um raio em quatro patas. Ele está deitado ao lado de um pequeno riacho. A água está coberta de algas verdes brilhantes.

— Neon! — eu grito. Estou feliz em vê-lo, mas apenas por um momento.

Neon pula de pé. Ele estava dormindo. Deve ter ficado esgotado de tanto correr.

— Qual o seu problema? — grito. — Por que saiu correndo? Isso não foi JUSTO! Eu tinha um plano! A gente ia...

E então eu simplesmente paro, porque estou sem fôlego. Cansada demais para gritar. Cansada demais para discutir.

— Precisamos nos apressar — Johnny Steve nos lembra. — Os Rifters não estão muito longe.

Adeus ao plano de voltar para Wakefield. Adeus ao plano de terminar isso com os meus amigos. Pego Globlet, coloco-a no ombro e começo a descer o caminho pelos trilhos.

— Vamos, rapazes — digo, baixinho, tendo dificuldade em esconder a minha decepção. — Hora de ir. Destino: ninho dos Alados.

Capítulo Dezoito

Neon volta a ser ele mesmo, ou quase isso. Ele não está soltando uivos e nem se jogando nas coisas. Mas ele sabe que estou com raiva, e agora parece *quase* com medo de mim.

E, sim, estou chateada, mas o Neon já tem o suficiente com que se assustar sem eu me adicionar à lista!

Penso no Jack e em como, quando as coisas ficam ruins, ele tem essa habilidade incrível (e incrivelmente irritante!) de ser a pessoa *mais entusiasmada*.

Jack pode não estar aqui, mas decido seguir o seu exemplo de qualquer maneira. Eu fico *super entusiasmada!* Eu canto. Eu pulo. Eu praticamente danço nos trilhos do trem, cantando alguma música pop feliz que não tinha ouvido, tipo, *desde antes*.

Certo, então os Rifters ainda estão nos seguindo? Não é o ideal! Entregar o Neon para uma turma de servos malvados adoradores do Ṛeżżőcħ? Não é algo que eu ame!

Mas vai ficar tudo bem!

Porque eu vou garantir que tudo ficará bem!

E, o mais importante, temos um objetivo. E um PLANO. E ter um plano, mesmo numa situação ruim, pode fazer você se sentir *BEM*.

Como na escola secundária. Depois que vi os meus pais, no ônibus, e não consegui alcançá-los, sabia que ficaria sozinha por um *longo tempo*.

Aqueles foram dias ruins. Meus piores dias.

Eu arranquei o mastro da parede da minha sala de aula e o usei como uma lança. Fiquei muito boa em arrombar os armários pelas dobradiças: apenas uma facada rápida, uma torção de pulso e pronto.

Foi assim que sobrevivi...

Oba, salgadinho de queijo sem marca.

Mas logo os armários tinham acabado. Eu tinha comido meu caminho por toda a ala da sexta série da escola. Cada armário, cada mochila, cada mesa com gavetas.

E, novamente, eu fiquei com fome.

Claro, eu sabia *onde* conseguir comida: no refeitório. Mas havia *zumbis* no refeitório. Passei dois dias inteiros deitada, assustada, até que, finalmente, fiquei tão faminta que bolei um plano.

E isso despertou algo em mim. Isso me forçou a usar meu cérebro. Eu estava pensando, planejando, treinando.

Eu estava animada.

Finalmente, invadi aquela lanchonete como se fosse a Capitã Marvel, isso se a Capitã Marvel se envolvesse num combate com um pedaço de carne do almoço pendurado na boca...

Depois disso, eu tinha superado o obstáculo, passei da parte mais difícil...

E é assim que me sinto agora.

Sei o que fazer com o Neon e sei como voltar para casa.

— Eu sei tudo! — grito, pulando no trilho do trem e caminhando como se fosse uma trave de equilíbrio.

Neon trota atrás de mim, sua cauda balançando para frente e para trás. Não sei se ele sabe que estamos realizando o seu sonho de voltar para os outros Alados, ou se está feliz porque eu estou feliz, ou...

— Aham. — Johnny Steve limpa a garganta, interrompendo a minha linha de pensamento. — Devo frisar que, tecnicamente, você não sabe *tudo*! Eu nem sou humano, mas sei mais sobre eles do que você! — Ele ri, balançando a cabeça. — Os humanos são bastante tolos...

Eu lanço um olhar bravo para ele e então encolho os ombros.

— Quer saber, nem vou discutir. Eu me recuso a deixar o seu *humansplaining* me irritar.

— Arrá! — Johnny Steve diz. Ele dá uma cotovelada de leve na lateral do Neon. — Ela admitiu, finalmente!

— Ah, tá bom. DESAFIO ACEITO! Você acha que conhece os humanos? Vamos ver se você conhece os humanos. Vou fazer um teste de humanos pra você. Johnny Steve, quantos dentes a maioria dos humanos tem?

— Quatro — ele diz, confiante. — Bom, quatro durante o dia. Setenta e sete de noite.

— Por que os humanos têm umbigos?

— Para desligar à noite! Agora, me faça uma difícil.

— Qual é a única coisa que todos os humanos concordam?

— Rá! Boa tentativa. Todos os humanos concordam em tudo.

— Qual é a comida humana mais popular?

— Uma bala com sabor de cereja.

> June, ele tá acertando todas! Como pode?

> ELE **NÃO TÁ** ACERTANDO NADA!

> Meu conhecimento te enfurece! Típica humana.

Capítulo Dezenove

Estamos chegando perto. Eu posso sentir. E posso VER. O mundo está ficando mais estranho...

Nosso caminho é invadido por plantas verdes brilhantes. Ruídos estranhos e desconhecidos surgem das sombras. Começa a parecer que estamos num tipo de caminhada apocalíptica...

- Veja as trepadeiras.
- Observe os zumbis!
- Experimente o **perigo perigoso** dos Rifters.
- Juntem-se a mim, June Del Toro, na caminhada do fim do mundo!
- Procure o indescritível, e talvez **impossível** de encontrar, ninho dos Alados!
- E **nunca, nunca mesmo,** volte pra casa!

Ninguém ri.
Todos parecem ter perdido a energia de conversar.
Continuamos caminhando em silêncio...

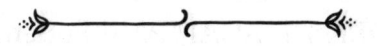

Sinto o cheiro dos monstros antes de vê-los.
O cheiro do mal.
O vento carrega o cheiro, puro e sem filtro.
É horrível.
E os nossos arredores também.

Tudo está empenado e queimado. As casas se inclinam para trás, para longe de nosso caminho, é como se tivessem pernas, e fugiram de lá mais rápido do que você poderia dizer "Ninho dos Alados".

Existem enormes cortes de garras nas calçadas e nas ruas, como se os Alados as estivessem usando como um poste para arranhar.

— Lá está, mais à frente — Johnny Steve aponta, parecendo um pouco triste. — O ninho deles.

Eu aperto os olhos para ver lá longe. O luar lança sombras escuras por toda parte. Vejo o ninho, uma silhueta imponente, parecendo um daqueles vulcões caseiros. Então, eu vejo os Alados nas sombras. Parecem gárgulas ganhando vida, uma vida horrível e de pesadelo.

— Está muito escuro agora — Johnny Steve fala.
— Suas lentas pernas humanas demoraram demais.

— Bem, eu não queria *mesmo* esperar até amanhã — digo, esperando que eles não percebam a mentira. — Mas se for preciso parar, vamos parar.

— PRECISAMOS, PRECISAMOS! — Globlet exclama. — HORA DE ACAMPAR! Podemos assistir *Agora e Sempre*? É o filme favorito de todo mundo! Por favor!

Na mesma hora, o humor de todos se ilumina. Vamos nos despedir amanhã.

Hoje à noite, a gente apenas relaxa.

Montamos acampamento. Recolho agulhas de pinheiro e gravetos para fazer uma fogueira. Neon "ajuda" arrancando pedaços de revestimento de casas e os jogando aos meus pés.

A gente se reúne ao redor do fogo aconchegante. Johnny Steve segura um pouco de chocolate que ele pegou do caminhão de sorvete, e eu mostro para todos como fazer um lanche.

Johnny Steve está super impressionado com a fogueira.

— Como você fez aquilo? — ele pergunta com seus lábios borrachudos abertos em admiração.

— Construir fogueiras, na verdade, é uma habilidade humana — respondo para ele. — Quando eu morava na escola, acendi uma fogueira usando apenas uma lupa do laboratório de ciências e uma pilha de questionários não avaliados.

— Que história legal — Globlet diz. — Você faz bem em se gabar disso.

Eu cutuco Globlet e ela chia e ri.

Neon não deve ter estado tão perto do fogo antes, porque ele se aproxima muito, curioso. Cinzas saem da fogueira, seus olhos lacrimejam, seu nariz se enruga, e então...

Atchiiim!!

Neon salta para trás, confuso. Ele balança a cabeça e coloca as patas no focinho com curiosidade.

— Não, Neon. Você não *cuspiu* fogo. Você acabou de espirrar — explico, rindo. — Você não é um dragão *de verdade*. Só se parece um pouco com um.

Ele se ilumina com o som da minha risada. Então, faz aquilo de novo mais algumas vezes, farejando o ar até o nariz enrugar, depois espirrando e fazendo a fogueira rugir. Ele olha para a gente, em busca de aprovação todas as vezes, e pula de um pé para o outro quando Globlet dá uma risadinha.

— Neon é um grande espirrador! — Globlet diz. — Muito melhor do que *você*, June.

Johnny Steve se aproxima, balançando sua espada-bengala.

— Espirros humanos são notoriamente fracos.

Eu olho para os dois, e então:

— Neon, que tal mostrar pro Johnny Steve o seu maior e melhor espirro?

Neon sorri. Então, há uma explosão...

ATCHIIIM!

O fluxo de fogo atinge a lâmina da espada-bengala do Johnny Steve, que começa a agitá-la, tentando apagar o fogo...

Agora estamos todos segurando nossas barrigas de tanto rir. Quando nos recuperamos, Globlet se aninha no meu ombro.

Estendo a mão para esfregar a cabeça do Neon. Finalmente, ainda relutando, ele se aproxima de mim. Eu coço o seu pescoço, encorajando-o em silêncio a se aproximar.

— Ei, Neon. Eu, hã... eu sinto muito — digo para ele. Minhas palavras são calmas, não falo muito mais alto do que o crepitar do fogo. — Se eu fosse você, também não gostaria de ouvir os rugidos dos

Ogros ou as vozes dos Rifters. E não vai precisar ouvir mais. Porque a primeira coisa que vamos fazer amanhã é levar você para um lugar seguro. Sei que não entende bem isso, mas será a melhor coisa a fazer.

Neon boceja e rola na grama. Sua pata está estendida e encostada na minha perna. Seu corpo está frio, mas parece tudo bem, com a fogueira queimando nas brasas brilhantes.

E adormecemos assim...

Capítulo Vinte

Eu acordo, mas não abro os olhos.

Não estou pronta para hoje. Não quero levar o Neon para o ninho.

Então, mantenho os olhos fechados. Tipo, se não os abrir, o dia nunca vai começar de verdade.

Mas então ouço o Neon ofegando. E o sinto mordiscando o meu pé, tentando me acordar.

— Bom dia, Neon — falo, finalmente abrindo os olhos. Ele está olhando para mim, esperando, me lançando um olhar de que *sabe* das coisas, mas não consegue expressá-las.

Eu suspiro. Digo a mim mesma que essa é uma daquelas coisas que você simplesmente *precisa fazer*, sem adiar, porque isso só vai tornar as coisas mais difíceis.

Vou sentir falta do Neon.

Vou sentir falta de um Alado!

É a primeira vez que estou feliz pelos meus amigos não estarem aqui. Eles não entenderiam.

Mas isso é só porque eles nunca conheceram o Neon.

E agora eles nunca vão conhecer...

Logo, Globlet está acordada... andando pra lá e pra cá, mal-humorada porque ela não tomou o café da manhã. Johnny Steve faz 196 polichinelos.

— Como todos os humanos fazem todas as manhãs — explica ele.

Então vamos ao que interessa. Empacotamos tudo e partimos.

No topo da colina, vemos o ninho dos Alados à luz do dia, em toda a sua glória aterrorizante...

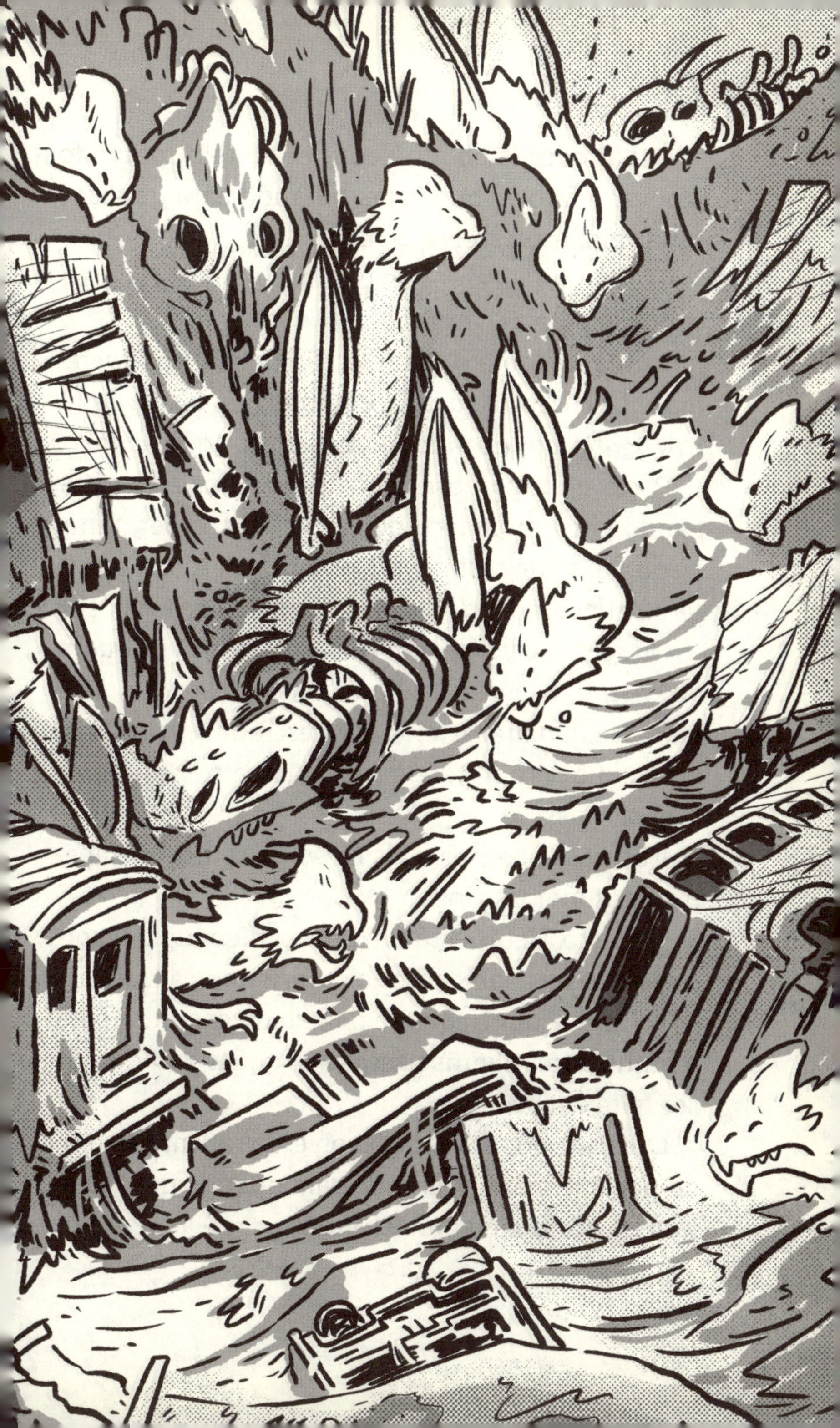

— Lar doce lar, hein, Neon? — eu falo, tentando ignorar o fato de que estou olhando para uma das cenas mais horríveis que já vi.

— Ah, que legal — Globlet diz. — Eles têm um canto só para as carcaças.

Lanço a Globlet um olhar rápido e duro. *Queremos que o Neon seja feliz. Pode parecer horrível para a gente, mas é o único lugar seguro para deixá-lo.*

Perto do topo do ninho, dois Alados estão brigando por um pedaço de carne. Eu me pergunto, *Neon vai ficar assim em breve? Ele será um servo feroz e devorador de carne de monstro do Ŗeżžőčħ?*

Ou será que vai se lembrar de que uma vez, quando era muito jovem, conheceu uma garota que disse para ele não atacar criaturas estranhas, para não ser mau e para nunca, nunca, nunca comer *rádios sem permissão?*

Não posso pensar mais nisso, eu tenho que apenas terminar isso logo.

— Certo, Neon, está na hora — digo rápido, porque sinto meu lábio inferior começando a tremer.

Eu ando com Neon até o meio do caminho para o ninho. Mais alguns passos são quase garantia de ser feita em pedaços.

Olhando nos olhos de Neon e, de repente, entendo por que meus pais choraram quando me deixaram no acampamento de verão.

> Neon, é aqui que nos separamos. Fica bem, tá?

> E tenta não mudar muito.

Eu me viro para ir, mas Neon me segue.

— Não, Neon. Eu vou por aqui. Você vai por ali — digo, apontando para o ninho.

A cabeça do Neon vira, então ele faz um barulho que soa como uma risada dos Alados. Como se ele pensasse que tudo isso é um jogo.

O que torna tudo pior.

— VAI! — exclamo. — Você tem que IR!

Os ombros do Neon se erguem. Ele não entende. Ele não tem como entender.

Neon dá um passo lento e apologético na minha direção, como se precisasse de mim, e isso parte o meu coração. Eu não posso mais fazer isso. Tenho que acabar com isso logo.

— Muito bem — digo. — Se você não vai até eles, farei com que eles venham até você.

Eu passo por ele, e então...

CRACK! Bato um pedaço quebrado da minha lança contra a minha Coisa-Blaster-Gerigonça-atiradora.

— ALADOS! — grito, usando a minha melhor voz de comando do J. Jonah Jameson na redação do jornal. — VENHAM BUSCAR ESTE ALADO! ELE PRECISA DE VOCÊS!

Um único Alado balança seu longo pescoço na minha direção. Seus olhos frios e prateados se fixam nos meus, e eu bato a lança com mais força e mais alto...

CRACK!
CRACK!
CRACK!

Finalmente, mais Alados se viram... então batem as asas e decolam.

Neon está congelado. Suas garras cavam o chão. Meus tênis dão um impulso do mesmo chão.

E eu corro.

Estou correndo, quase caindo, de volta à colina do ninho. Meus pés saem de debaixo de mim, e então estou deslizando, estendendo a mão, me agarrando a um jipe capotado. Me coloco atrás dele e fora de vista.

Dando uma espiada, vejo Alados circulando o Neon.

Um Alado particularmente grande e coberto de cicatrizes usa seu focinho para empurrar o Neon na direção do ninho.

Lentamente, com relutância, ele se arrasta para cima. Um outdoor em ruínas anunciando uma concessionária de carros usados paira sobre ele.

Neon parece tão pequeno e solitário.

Isso é difícil.

Mas é isso que significa estar no comando da sua própria aventura. Às vezes, você tem que fazer a coisa mais difícil.

E eu me lembro: o motivo pelo qual isso é difícil é porque é a coisa certa a se fazer.

Isso é o que eu estava dizendo para mim mesma quando quase fiquei sem fôlego, tentando salvar o Neon debaixo d'água.

E é isso que estou dizendo para mim mesma agora: estou fazendo a coisa certa.

Ou pelo menos pensei que estava...

Capítulo Vinte e Um

Neon olha para mim, de forma lenta no início, e depois mais rápido, frenético.

Globlet agarra minha mão.

— June, ele parece assustado. E estou com medo.

— Não sei se isso está certo — Johnny Steve fala.

Os Alados se aglomeram em torno do Neon. Um cutuca suas costas, onde costumavam estar suas asas. E então, de uma vez...

KEE-AWWW!!

Os Alados atacam! Neon gira, tentando escapar, mas uma garra enorme *o segura*!

O maior Alado, um tipo de mãe do covil, *o lança* no meio da horda!

Neon está se contorcendo, girando e se debatendo.

Eles estão brincando com ele. Porque sabem que ele está ferido, sabem que ele não pode voar, sabem que ele não é como eles.

Eu o levei para a morte!

Saio de trás do jipe e corro na direção da horda de Alados. Não pensei no que iria fazer. Nem um pouco.

Correndo colina acima, vejo o Neon enrolado, como se fosse uma pequena bola. É tão parecido com o que os Rifters fizeram com ele, como um *déjà vu* horrível, que tenho vontade de vomitar. Os Alados são maus, sim, mas eu não pensei que eles seriam maus com a própria espécie!

Atrás de mim, ouço Globlet e Johnny Steve gritando o meu nome. Me dizendo para voltar. Dizendo para eu me abaixar.

Mas não faço nada disso, porque, neste momento, não tenho medo dos Alados.

Mas não é sobre os Alados que eles estão me alertando. É algo totalmente diferente...

E, FÁCIL ASSIM, TE PEGUEI!

— NÃO! — grito quando sou puxada para cima, no ar.

— Sim — retruca o Chefão Rifter com um sorriso cruel.

Na mesma hora agarro o laço, tentando usar a minha Coisa-Blaster-Gerigonça-atiradora para cortá-lo. Mas o Ogro me varre pelo chão. O *blaster* bate *com força* contra um pedaço de entulho e todo o meu braço fica dormente.

— Me solta! — grito. — Me solta!

O Chefão Rifter não *me solta*.

Em vez disso, o laço é girado por cima do ombro dele. De repente, estou sem peso, sendo lançada pelo ar. É como uma montanha-russa surpresa de cabeça para baixo, e eu *odeio* montanhas-russas surpresa de cabeça para baixo! Se uma montanha-russa vai virar de cabeça para baixo, quero um *aviso prévio*!

Vejo o Johnny Steve e a Globlet correndo para me pegar. Mas eles não vão conseguir.

E a última coisa que vejo, enquanto estou voando, é o Neon. E um enorme Alado golpeando com suas garras a lateral do corpo dele.

É um golpe mortal.

Neon grita. Lentamente, como se fosse uma cena de um filme, ele cai imóvel no chão.

Abro a boca para gritar, mas o sangue sobe à minha cabeça e tudo fica escuro.

Capítulo Vinte e Dois

Quando volto a mim, minha cabeça dói, e não sei dizer quanto tempo se passou. Cordas grossas amarram os meus membros. Eu estico o pescoço, e...
Mas que p...
Há uma âncora enorme de navio *pirata* ao meu lado.
Caramba... que dimensão é essa?
Há um zumbido de estática, as luzes piscam, enquanto uma última gota de eletricidade passa por elas. Na sombra, vejo um pirata. Daqueles clássicos. Tapa-olho. Perna de madeira.
Será que os Rifters me arrastaram para um filme do *Piratas do Caribe*?
Eu giro a cabeça para todos os lados, até encontrar uma placa que explica tudo...

Certo, *então é hora de recuperar o atraso, cérebro*. Sou uma prisioneira dos Rifters. Estou dentro do esconderijo deles, provavelmente. E o esconderijo deles é um campo de minigolfe, porque, bem, *o fim do mundo é um lugar bizarro*.

Pense. Pense. Preciso escapar. Meus olhos se movem para a esquerda e para a direita, em busca de...

CRAK!

Uma porta se abre. Eu fecho os olhos, fingindo que ainda estou nocauteada, para o caso de eles soltarem alguma informação que valha a pena.

— Quando voltamos para pegar o bebê Alado? — ouço uma voz perguntar. É o Rifter, Flunk, que não entendeu o conceito do balanço de pneu. — Você disse que era um presente pro Thrull.

— Tá tudo bem! — o Chefão responde. — Sabe, Flunk, pra provar a nossa lealdade pro Thrull, a gente precisa levar um presente pra ele. Um presente de valor! Os Monstros Alados podem confundir mentes e isso dá valor pra eles. E um bebê Alado que não foi treinado? Um que o Thrull pode criar como quiser? Isso tem ainda MAIS valor! E a melhor parte é... que ele não tem asas! Um Alado sem asas! Isso vai ser o melhor presente de todos, porque ele não pode fugir.

— Isso! Um presente muito bom, chefe! O melhor presente que já vi! Aposto que não existe presente melhor, exceto talvez um cupom para...

O ALADO NÃO É MAIS O PRESENTE, FLUNK!

OH.

Ouço as botas de ferro do Chefão e do Flunk baterem no chão mais perto de mim.

— O bebê Alado seria uma coisa que deixaria o Thrull feliz — o Chefão Rifter afirma. — Mas o Thrull tem grande poder agora. Ele tem muitas coisas que deixam ele feliz. A gente precisa fazer mais. Sorte a nossa, eu saber o que o Thrull quer...

— Uma festa da pizza?

— VINGANÇA! — o Chefão ruge. — Pensa em como o Thrull vai recompensar a nossa lealdade quando a gente entregar um dos seus maiores inimigos! — Ele chuta a âncora e meus olhos se abrem.

O Chefão paira sobre mim.

— Que sorte a minha a gente ter se encontrado — ele fala, com uma risada feia. — Aquela com o Punho Múltiplo...

Opa, o quê?

— Volta aí um segundo, amigo — eu digo, apertando os olhos para ele. — O *multi-o quê*?

Os dedos longos e grossos do Chefão Rifter tocam a minha Coisa-Blaster-Gerigonça-atiradora.

— Aaahh, você quer dizer a Coisa-Blaster-Gerigonça-atiradora! — explico. — Eu costumava chamá-la de O Presente. E, espera aí, vocês chamam de Punho Múltiplo? Bom, precisamos estar na mesma página aqui em termos de nomes. Quero dizer, só pra facilitar a comunicação. Vamos fazer o seguinte, que tal chamar ela de A Arma? Simples, direto ao ponto.

O Chefão Rifter dá uma risadinha.

— Em breve, vai pertencer ao Thrull. Junto com você. E então ele pode chamar como quiser. Veja bem, tudo vai pertencer a ele. Até o R̥eżżő-cħ chegar...

Ele solta um som horrível de risada, engasgando enquanto gargalha. Pedaços de cuspe voam. Estou virando minha cabeça para evitar a chuva de saliva quando vejo...

Sangue.

Algumas gotas minúsculas de rosa-escuro e verde-azulado na bota do Chefão.

Tudo volta depressa. Um momento *antes* de tudo ficar escuro.

Neon.

Gritando.

Cercado por aquele enxame selvagem e sinistro de Alados.

E aquele golpe final horrível.

Sinto um nó na garganta. Mas me recuso a deixar esse vilão me ver chorar. Engulo o choro, endureço o rosto e olho para o Chefão.

— Eu vou te fazer uma pergunta — falo. — E, por favor. *Por favor*, me dê uma resposta verdadeira.

O Chefão me examina: moletom rasgado, mochila retalhada e tênis cobertos de lama, lodo e graxa. Ele me mede por um tempo. Então, finalmente, parece decidir que mereço uma resposta honesta...

— Morto — ele diz. — O bebê Alado está morto. Havia uma dúzia de Alados em cima dele quando partimos, e outros ainda estavam se aproximando.

Eu consigo acenar com a cabeça, então rapidamente desvio o meu olhar.

Estou prendendo a respiração, cerrando os dentes, lutando contra as lágrimas.

— Sinto muito — o Chefão fala, se ajoelhando. — Sinto muito, mas... — Ele estende a mão, seus dedos apertam a Arma, e então ele a arranca do meu pulso.

> ISTO AGORA É MEU. VOCÊ JÁ ME SURPREENDEU DEMAIS. CHEGA.

E então ele está de pé.

— Flunk — ele fala grosso. — Guarda a prisioneira. Partimos ao amanhecer.

— Pode contar comigo, chefe!

Em seguida, o Chefão sai, batendo a porta atrás dele com tanta força que uma prateleira de tacos de golfe tomba derrubando um balde de bolas.

— Ooh, redondinhas! — Flunk grita. Ele persegue as bolas com entusiasmo, gritando de alegria quando finalmente agarra uma.

Lembro dele no balanço do pneu, incapaz de descobrir como funcionava. E isso é basicamente a mesma coisa.

Ele levanta a proteção do capacete, examinando o estranho artigo esportivo alienígena.

Então ele morde. Seus dentes devem ser metade de metal, porque ele arranca um pedaço fácil. Então mastiga. E mastiga. Migalhas de bola de golfe caem de sua boca.

— É bom — ele finalmente anuncia. — Mas não *ótimo*.

Eu suspiro.

— Cara, é uma bola de golfe. Para jogar golfe. Você tem que bater nas bolas.

— Bater nas bolas? — ele pergunta, mas a fala sai confusa, porque ele está engolindo o último pedaço de bola de golfe.

— Com os tacos — digo, apontando com a cabeça para a pilha de tacos caídos.

Ele olha para as bolas. Depois, pros tacos. Então, de volta para as bolas. De volta pros tacos. Bolas. Tacos. Bolas. Tacos. Então, finalmente, solta um longo:

— Aaaaahhhhhh... Entendi!

E um momento depois...

BATER NAS BOLAS! BATER NAS BOLAS! BATER NAS BOLAS!

Logo, ele está sem bolas, então usa o taco para ARREBENTAR a máquina de venda automática de bolas. Ela se abre, e um tsunami de bolas sai, quicando e rolando pela porta dos fundos na direção do campo de golfe.

Flunk as persegue, rindo e gritando:

— Eu vou pegar vocês, redondinhas!

E aqui estou eu.

Sozinha de novo.

Estraguei tudo.

Estou sendo mantida prisioneira por piratas de outras dimensões, dentro de uma ampla base secreta de minigolfe para turistas. E logo vou ser entregue ao nosso arqui-inimigo, que está construindo algum tipo de torre para invocar o Ṛeżżőcħ, o Antigo, o Destruidor de Mundos.

Neon está morto, tudo porque eu estupidamente tentei devolvê-lo para sua família.

E, falando em famílias, nunca mais vou ver a *minha*, não depois do Ṛeżżőcħ transformar o nosso mundo no seu próprio bufê sem fim de delícias horríveis.

E também posso esquecer minha *outra* família: Jack, Quint, Dirk, Grandão, Rover, Globlet, Skaelka e todos os monstros que chamo de amigos.

Até o Johnny Steve.

E agora... ARGH... eu nem mesmo tenho a minha arma. A única coisa que poderia me *tirar* dessa bagunça.

Descanso a cabeça no metal frio da âncora. Sem esperança. Sem caminho a seguir. Sem saída.

Nunca estive tão sozinha e tão perdida.

Na verdade, não.
Não é verdade.
Já estive tão sozinha quanto agora.
E não faz tanto tempo assim...

Capítulo Vinte e Três

Estou me lembrando da última vez em que me senti tão sozinha.

Mas essa memória parece tão *real*. Como se fosse mais do que apenas uma memória. Como se eu *estivesse lá*, de volta àqueles corredores do ensino fundamental...

Eu estava no fundo do poço. Cidade da desolação.

Lembro de estar revirando o meu armário, procurando por um saco de *Porcaritos* que pensei que talvez tivesse deixado lá, quando...

SMASH!

Meu Certificado de Mérito emoldurado se espatifou no chão. Ganhei por ser a primeira editora sênior da sexta série do jornal da escola.

Eu pendurei na porta do meu armário.

E lá estava ele, no chão, caído numa pilha de vidros quebrados. Mas não me importei.

Aquele pedaço de papel idiota não importava mais, porque NADA da minha antiga vida importava mais.

E o peso disso me atingiu como uma bala de canhão.

Tudo que eu tinha imaginado para mim *se foi*.

Eu tinha um PLANO para o meu futuro. Sempre tive objetivos bem definidos. Tinha meu futuro mapeado na primeira série, quando metade dos meus colegas de classe ainda estava tomando suco de canudinho.

Eu costumava passar o plano na minha cabeça, como um filme, durante aquela corrida de noventa e nove segundos para o ônibus todas as manhãs. E depois no ônibus. E, bem, o tempo todo.

Editora mais jovem do jornal do ensino fundamental: feito. ✓

Em seguida, seria a primeira a dançar no baile da oitava série, carteira de motorista aos dezesseis anos, depois ser a meio-campista titular do time de futebol, nos levando para o campeonato estadual. Em seguida, um estágio no *Corneta da Manhã News*, na cidade grande.

Depois, uma bolsa de estudos para minha faculdade favorita, me formaria quase como melhor da classe, então me mudaria para a cidade grande, conseguiria o meu emprego dos sonhos no *Corneta da Manhã*, três anos depois eu seria a primeira editora-chefe do jornal...

E sabe o que mais? Sabe qual era a maior e melhor parte do meu grande plano? Eu faria tudo isso com a minha família torcendo por mim, assistindo eu me tornando a pessoa que deveria me tornar.

Mas então o mundo foi *despedaçado* de repente. Assim como o vidro que segurava o meu Certificado de Mérito idiota e inútil.

Fiquei olhando para ele, no chão, pensando em como minhas esperanças e sonhos estavam mortos, acabados, destruídos, assim como o resto do mundo.

Minha mão apertou a lança que eu estava segurando, e eu sabia o que deveria fazer.

Eu quebraria isso também.

E, uma vez que quebrasse, uma vez que minha única arma se fosse, então eu seria capaz de realmente DESISTIR de verdade.

Esperanças estúpidas!
Sonhos estúpidos!
Apocalipse estúpido!

A raiva passou por mim e eu levantei a lança e golpeei...

Respirei fundo. Reuni minha força. Em um momento, eu iria usar aquela lança contra os grandes troféus de lacrosse de ouro falso da escola! Seria o golpe final.

E, então, como falei, eu poderia desistir.

Levantei a lança bem alto, reuni todas as minhas forças, e então...

JUNE! JUNE DEL TORO!

Me virei. O meu nome. Alguém estava chamando o meu nome. Não o exército, nem os meus pais, nem algum superesquadrão de guerreiros com armaduras vindo me resgatar.

Não, era um *menino*. O som era distante e com um eco, e não consegui decifrar *bem* no começo.

Percebi, com uma mistura de choque, horror e admiração, que era o *estranho JACK SULLIVAN*...

JACK SULLIVAN
O GAROTO NOVO E ESTRANHO

Jeito estranho de pensar. Muito estranho

Fala muito. Tipo, sem parar. Nunca fica quieto!

Usa tênis com luzes que acendem. Isso até que é irado.

Pois é, o garoto que entrou para o jornal da escola e disse que era porque gostava de tirar fotos, mesmo que fosse TÃO ÓBVIO que era porque ele tinha uma queda por mim. Tipo, uma vez, eu estava dizendo para Jenny Muro que adoro buldogues franceses e o Jack deve ter me ouvido, porque, no dia seguinte, ele chega com um álbum enorme de fotos de cães que recortou de revistas. E diz pra mim:

— Espere aí, o quê? *Você também gosta de cachorros?!* Eu não tinha ideia! Sempre carrego este álbum de recortes de revista com fotos de cachorros! QUE BIZARRO! Estamos, tipo, EM SINTONIA!

E eu só fiquei lá parada, murmurando e pensando: *cara, todo mundo gosta de cachorros.*

E, então, alguns meses depois, ele pediu para alguém pedir para alguém perguntar para alguém se eu gostava dele. Mas uma dessas pessoas era o Quint, e o Quint é, bem, o Quint. Então, quando foi a vez do Quint perguntar para alguém, ele perguntou para o *meu professor de matemática*, o que *talvez* tenha me levado para o momento mais desconfortável da minha vida...

> Hã... você gosta do Jack Sullivan? Quero dizer, você gosta MESMO dele?

> Hã...

É, esse é o Jack Sullivan.

E ele estava *na* escola.

Sua voz vinha do final da ala da sexta série. Olhei para minha lança, de repente feliz por não ter acabado de quebrá-la, e fui naquela direção. Espiando por portas duplas, eu o vi correndo na minha direção.

Ao lado do Quint Baker e do Dirk Savage (o Garoto Inteligente e o Garoto Que Pode Já Ter Barba e Nunca Vem Pra Escola).

Eles estavam sendo perseguidos pela Bola de Zumbis!

Eu estava morando na escola com aquela Bola Zumbi por MESES e ela *nunca* veio atrás de mim! Ela só rastreia você se você fede a comida. Se você lava as mãos e o rosto de vez em quando, adivinha? Você fica bem.

É claro que ninguém disse a esses meninos algo sobre lavar as mãos e o rosto.

E então eles estavam encostados nas portas. A Bola de Zumbis iria *esmagá-los e devorá-los*!

Ugh. Esses idiotas! Moleques idiotas, tontos e imprudentes!

Eles me colocaram numa posição realmente perigosa! Passei dias reforçando aquela porta e mais de um mês fortificando aquela ala da escola! E agora o meu trabalho estava arruinado! Tudo por causa do *JACK SULLIVAN*?

JURA?

— Eu vou me arrepender disso — rosnei pra mim mesma, então...

PUXÃO!

Eu abri a porta às pressas e eles caíram no chão.

— PARA TRÁS! — gritei. A Bola de Zumbis estava vindo na nossa direção. No último instante possível, BATI a porta com tudo...

Estávamos seguros.

Não graças aos três meninos que eu *NÃO* queria ver. Tipo, *sério*, mundo? Eu *só* estava sentada ali, pensando em todas as coisas que havia perdido! Meus pais! Minhas esperanças! Meus sonhos!

E o que a vida me enviou?

Três idiotas...

A raiva ferveu, crescendo e crescendo, até que eu bati a lança no chão e...

> O que os idiotas estão fazendo aqui?

Eu estava convencida de que o Jack, Dirk e Quint piorariam as coisas.

Mas o problema é o seguinte: eu estava totalmente errada.

Porque esses caras faziam uns aos outros rirem. E eles começaram a me fazer rir também. E me fazer QUERER rir. Cinco minutos depois de me encontrar,

Dirk e Quint estavam tendo uma verdadeira LUTA DE CÓCEGAS!

Naquela noite, no telhado, Jack e eu jogamos bolas de tênis no professor zumbi lá embaixo. Eu não admiti isso na época, mas foi melhor que antes... melhor porque eu tinha alguém pra fazer aquilo comigo.

Jack, Quint e Dirk não consertaram tudo num passe de mágica. Eles não fizeram eu sentir menos falta dos meus pais e não conseguiram colocar os meus planos e sonhos de volta nos trilhos. Mas como o Jack disse: "A vida durante o Apocalipse dos Monstros é muito melhor com amigos".

Eu sabia que a minha vida nunca mais seria a mesma.

Mas aprendi que ainda podia ser *boa*.

Que ainda valia a pena *lutar*.

A memória pisca e vai indo embora. E, de repente, estou voltando para o presente...

... para o campo de minigolfe, uma prisioneira. Sinto que viajei muito, quando, na verdade, não me movi um centímetro.

Essa não era apenas uma velha memória.

Parecia *real*.

Era o Neon...

Capítulo Vinte e Quatro

Estou tão feliz em ver o Neon que tento abraçá-lo! Mas os meus braços estão amarrados nas laterais do meu corpo, então ele enfia o focinho na minha axila. Se é assim que os Alados se abraçam, eu aprovo de todo o coração.

— Pensei que você tava morto! — exclamo.

Neon bufa, como se dissesse: "Como você ousa duvidar de mim?".

— Mas como você me encontrou? — pergunto.

Só então Johnny Steve entra pela porta!

— Suspeitei que esse bando de Rifters usava o Diversão em Alto-mar como esconderijo.

— Mas o Neon... o Neon, você estava... morto! O Chefão Rifter que me contou! — Olho para Johnny Steve. — Como ele está...?

Neon se vira, caminhando até o Johnny Steve e se aninhando nele. Eu perco o fôlego... o lado esquerdo do corpo de Neon está todo coberto de bandagens.

— Foram necessários muitos pacotes de *Choco Taco* — Johnny Steve explica. Ele abaixa o capuz, e vejo que ele está coberto por uma gaze de guardanapos e tem até um cone de waffle sobre um olho ferido. Eu tenho que sufocar uma risada, pois parece um segundo bico.

Johnny Steve coça o pescoço do Neon enquanto me conta o que aconteceu.

— Depois que você foi levada, eu não sabia *o que* fazer. Mas sabia que você estava *tentando* salvar o Neon. Então deduzi... — Ele de repente parece muito tímido. — Bem, percebi que se isso é o que os humanos fazem pelos seus amigos, então eu deveria fazer o mesmo. Porque...

— Porque você é um especialista em humanos — eu completo, sorrindo.

Ele abre o sorriso mais largo que eu já vi.

— Ah, você e eu também deveríamos dar abraços agora! — ele diz enquanto se apressa para me libertar. Sua espada-bengala está salpicada de gosma de Alado.

Então balanço a cabeça com espanto.

Um momento depois que ele me solta, ouço uma voz estridente dizer:

— OLÁ!

> **GLOBLET?!?**
> Hã, você tava aí atrás esse **tempo todo**?

> Você parecia bem chateada. Eu quis te deixar sozinha um pouco.

> Globs! Está salva!

Só então Neon tromba em mim com tanta força que praticamente giro inteira. Eu o abraço, apertando-o com tanta força que meus pulsos machucados doem.

— Neon, me desculpa — falo. — Me desculpa. Eu nunca devia ter levado você lá...

Neon escorrega dos meus braços e então olha para o chão.

— Ei, amigão... ei — digo baixinho, inclinando a cabeça para que eu possa vê-lo melhor. — Por que os Alados te atacaram assim?

Neon empurra a cabeça para frente, então nossas narinas estão quase se tocando. Seus olhos se fixam nos meus e sinto o seu olhar criando bolhas na parte de trás do meu cérebro.

Mas eu não desvio o olhar.

— Está tudo bem — asseguro para ele. — Me mostra.

Neon me olha mais de perto... tão perto que nossos rostos se tocam. Olhando *através* de mim. Ouço um *BUUM* distante, e então eu não estou mais no campo de minigolfe.

Não estou em *lugar nenhum*.

Não tenho uma visão do futuro e não vejo uma memória do passado. Em vez disso, desta vez vejo...

Neon.

Ele é um bebê, ainda mais jovem do que é hoje. Mas não parece o mesmo, e não é só porque é menor. Ele está mais feliz. Ele tem suas asas!

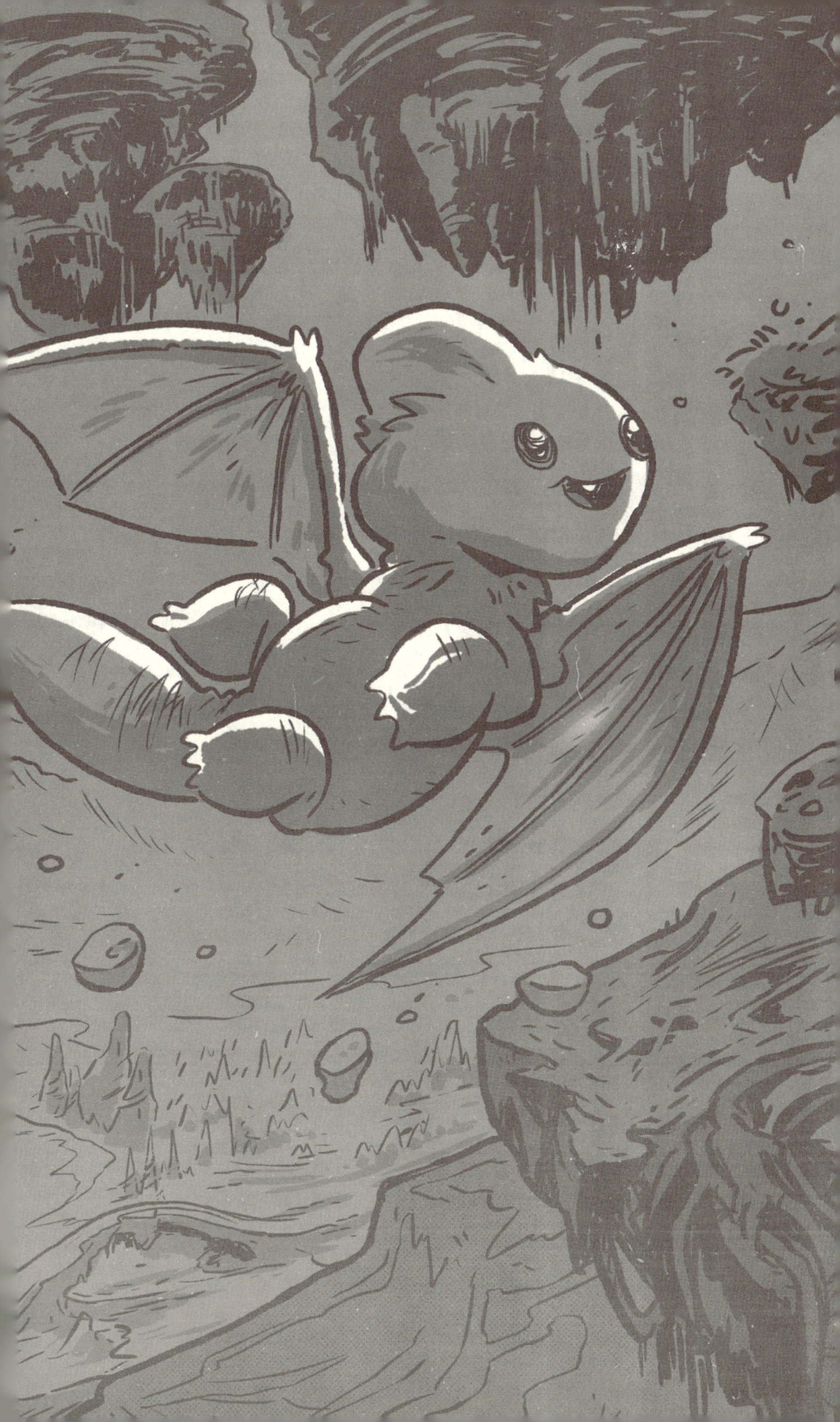

Ele está voando pelo céu, mergulhando, girando e subindo. Ele gira em torno de outros bebês Alados, e eles brincam de luta livre no céu. Tudo parece diferente, o céu está rosa e salpicado, o chão parece flutuar e a água paira no ar, imóvel.

Percebo que estou vendo o Neon *na outra dimensão*. *Sua* dimensão.

Então, de repente, a dimensão do Neon parece explodir! O céu se abre e feixes de luz surgem de todos os lugares! Enormes buracos brilhantes aparecem: portais! Estou vendo portais, assim como vi naquele dia na escola, o dia em que o Apocalipse dos Monstros começou... Monstros, criaturas, objetos, *tudo* está sendo sugado para o buraco! É como se alguém simplesmente desse a descarga num banheiro cósmico.

E o Neon também é sugado.

Esse é o primeiro dia do Apocalipse dos Monstros, e estou vendo de perto, do ponto de vista do Neon. É um vazio insano, rodopiante e cheio de cores!

Percebo agora quão horrível tudo deve ter sido para os monstros.

Neon uiva e grita enquanto é arrastado pelo ar para o portal, que se retorce, encolhe, e o Neon grita na sua direção. E então...

ZAP!

Neon atravessa para a nossa dimensão. Bem quando o portal está fechando. Ele passa.

Mas as suas asas não...

Eu ouço ele gritar quando as suas asas são cortadas, e sinto, *sinto de verdade*, a dor que ele sentiu.

Neon aterrissa na nossa dimensão.

Ele está sofrendo e com medo. Ele se arrasta sozinho no nosso mundo, que está em plena mudança. E então, finalmente, encontra uma horda de Monstros Alados.

Eu *sinto* o alívio que ele sentiu.

E então eu *sinto* o horror.

Eles o rejeitam. As feras escamosas assobiam, e rosnam, e estalam os dentes, e o prendem no chão. Sem as suas asas, esse bebê Alado não é mais bem-vindo com o resto da sua matilha...

Tudo muda, se transforma e gira novamente.
Estou vendo minhas memórias. Minha própria vida.
Uma enxurrada de instantes, os momentos felizes, os bons momentos, depois que deixei a escola para ir para a casa da árvore. Festas com os monstros, patrulhas movidas a açúcar e torneios de pingue-pongue...

É um borrão vertiginoso de felicidade.
Felicidade com os amigos.
E, então, as visões e memórias param...

Estou de volta ao campo de minigolfe. E o Neon está lá.

E eu entendo tudo.

Nós dois fomos vítimas desse apocalipse. Nós dois estávamos perdidos e sozinhos num estranho mundo novo.

Mais cedo, quando tive uma visão parcial do Neon voando com os outros Alados, ele não estava tentando me dizer que *queria voltar pra eles*. Estava me dizendo que queria *pertencer a um grupo*.

Nós dois perdemos tudo, mas eu tinha amigos para me ajudar, e ele, não.

Neon sou *eu*, quando estava no corredor da escola, olhando o meu Certificado de Mérito, chorando sobre como tudo isso foi inútil.

Ele está esperando amigos aparecerem e caírem pelas portas trancadas *dele*.

— Neon — falo. — Mesmo sem as suas asas, você ainda é completo, maravilhoso e incrível. E você merece ser feliz. Neon, camarada, eu sou...

— SEU AMIGO! — Johnny Steve diz, me cortando totalmente e roubando a minha conclusão dramática. — Vou ser o seu MELHOR amigo e vamos viajar pelo MUNDO juntos e vamos aprender tudo o que há para saber sobre esta pequena terra doida!

— Aham... — digo, dando uma pequena cutucada no Johnny Steve. — Neon, eu também sou sua...

— COMPANHEIRA! — Globlet lança. — Com certeza somos amigos e na certa *MELHORES* amigos!

Eu sorrio e suspiro.

— Tá bom, tá bom, somos *todos* seus amigos.

Neon pisca depressa.

— Pode contar sempre com a gente — digo para ele. — Não importa pra quê. Assim como o Jack, Dirk e Quint estiveram lá quando eu precisei. E como eu estive lá quando eles precisaram.

Neon está feliz, mas vejo uma pitada de hesitação. Algo nos seus olhos que não consigo identificar...

Ele estremece e enrola o rabo embaixo dele. As bandagens improvisadas estão caindo das suas costas, e eu olho e vejo as feridas abertas, onde as suas asas estavam. Os Monstros Alados *atacaram bem ali*.

Pego o meu escudo quebrado da mochila. Apertando e torcendo, consigo arrancar um pedaço grande e curvo de metal.

Então coloco nas costas do Neon, protegendo as suas feridas.

> Meus amigos fizeram esse escudo pra mim, pois é o que amigos fazem: protegem uns aos outros.

> Se um dia você esquecer que tem uma família, isso vai te lembrar. É a prova da minha promessa.

> Tá... isso é fofo demais e tal, mas a gente pode ir pra casa agora?

— Não. Ainda não, Globlet.
— Como é que é? — Globlet pergunta.
— Ainda tem uma coisa a fazer — digo. — Preciso fazer o Chefão me dizer onde o Thrull está. Temos uma chance de obter as informações de que precisamos pra impedir o Thrull e a Torre. E, já que

vamos fazer isso, vamos nos certificar de que esses Rifters nunca mais incomodem *nenhum de nós* de novo. Vocês me ajudam?

— É claro! — Globlet fala.

— Eu sou solidário como um amigo humano! — Johnny Steve afirma.

E o Neon apenas ronrona.

— Ótimo — falo. — Porque eu tenho uma ideia...

Então eu estico o pescoço na direção do campo de golfe e grito:

— FLUNK! VOCÊ PODE VIR AQUI UM SEGUNDO, POR FAVOR?

— Qual a ideia?

— A ideia é... todos juntos, no três...

Capítulo Vinte e Cinco

Em menos de um segundo, derrubamos Flunk no chão. E no segundo depois disso, Flunk está praticamente *choramingando*.

— POR FAVOR! — Flunk choraminga. — ME LEVEM VIVO!

— Mas é claro — Globlet diz. — Não somos *doidos*.

— Vamos apenas pegar a sua armadura emprestada — Johnny Steve diz para ele.

— Veja bem, o negócio é o seguinte — explico. — Eu vou ser você por um tempo. Espero que não se importe...

Logo, removemos a sua armadura e descobrimos um problema. Flunk é *comprido*! Ele parece um gafanhoto de outra dimensão. Não vou caber de jeito nenhum.

Olho em volta depressa, então:

— Johnny Steve, pega dois tacos pra mim! E um monte daquela fita que vai nas alças do taco de golfe. Eu tive uma ideia...

Momentos depois...

É claro! Perna-de-pau!

Uma habilidade que todo humano aprende quando criança.

Não, Johnny Steve. Errou feio.

— Santa ideia rocambolesca, não é que funcionou! — Globlet exclama.

— E acho que consigo andar mesmo com isso — afirmo enquanto dou um passo vacilante para frente. A armadura é pesada, mas o traje faz metade do trabalho: todas as articulações são movidas a motor. Eu consigo caminhar até o espelho do clube.

É capaz desse plano funcionar...

Você fica bem de armadura.

Bota o capacete e você vira o Flunk!

Flunk, que amarramos na âncora, nos observa tristemente. Eu o ouço murmurar:

— Eu fico melhor nela. O chefe que me disse.

— Quieto aí! — Globlet diz.

Neon sorri quando passo por ele. Cada etapa é mais fácil do que a anterior. Estou andando como um Rifter de verdade quando chego à porta.

Devagar, com cuidado, abro a porta.

— Espera, espera! Deixa eu ver! Deixa eu ver! — Globlet diz. Ela salta para cima da armadura e desliza sob minha guarda de ombro. Então espia por baixo da peça da armadura, e nós duas observamos o lado de fora.

Primeiro, vejo os Ogros. Eles estão no estacionamento, amarrados a carros antigos como cavalos num daqueles antigos filmes de faroeste que o Dirk tanto ama.

Enquanto isso, os Rifters estão dando uma festa estranha de comemoração no décimo oitavo buraco. Eles estão mastigando carne crua e bebendo leite muito estragado. Um está tomando direto da caixa do leite, vejo que está coalhado e grosso e posso sentir o cheiro azedo mesmo estando longe.

— Ali está ele! — Globlet diz.

Há uma caverna atrás do décimo oitavo buraco com uma cachoeira caindo água. No topo da caverna está o Chefão Rifter. Ele se senta num crocodilo gigante de plástico como se fosse uma espécie de trono, observando os seus Rifters embaixo como se estivesse julgando um concurso.

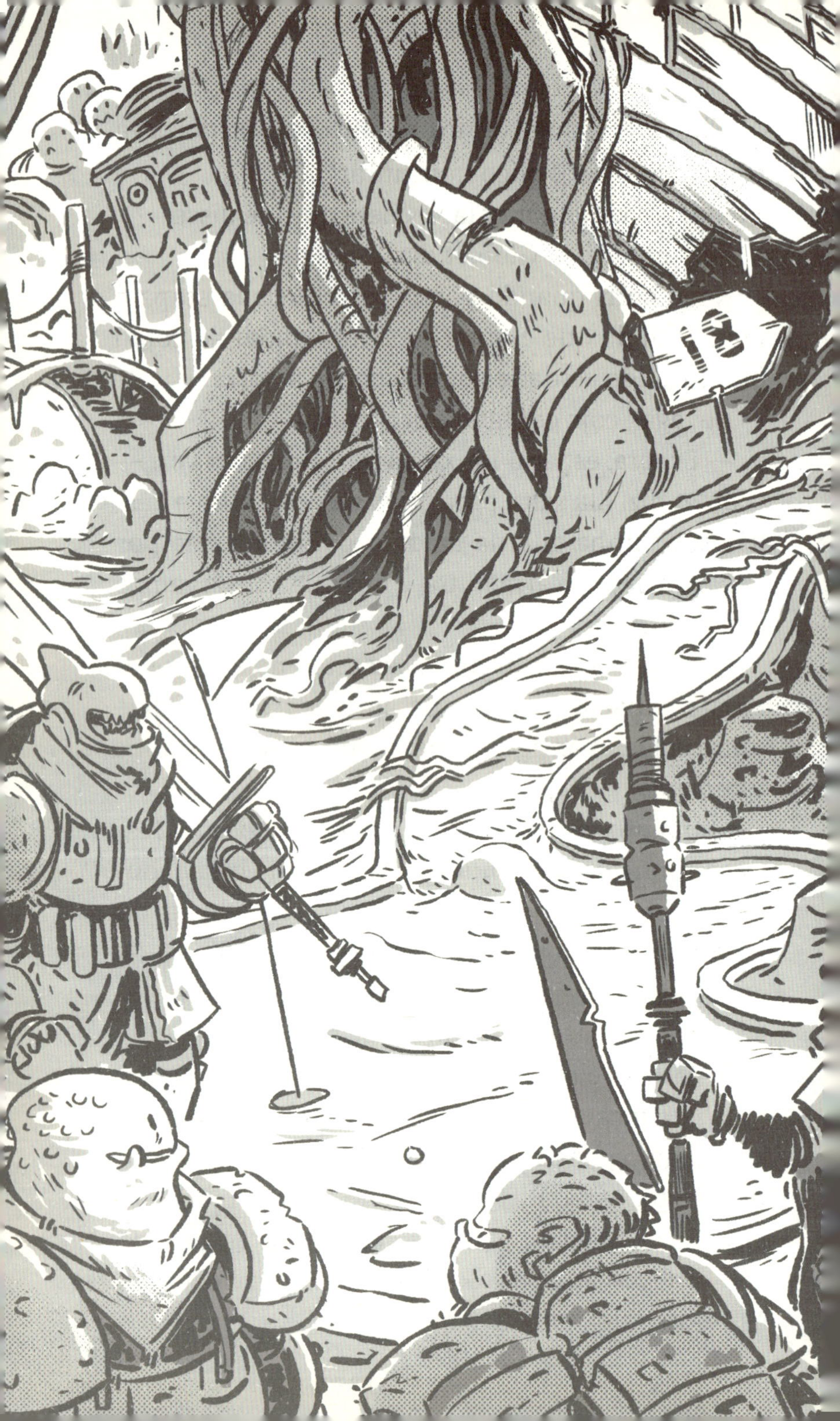

— É hora de ir — afirmo. — Temos que fazer isso enquanto o Chefão Rifter está no trono de crocodilo.

— Estou pronto! — Johnny Steve anuncia do outro lado da sede do clube. Ele está segurando uma máquina de karaokê que encontramos na sala de festas de aniversário. — Vou colocar *todo* o meu conhecimento humano em uso!

Faço um sinal de joinha para ele. Ele não tem polegares, então apenas sorri.

— Vejo você em breve — ele afirma e sai correndo pelos fundos.

Ele tem um grande papel para desempenhar neste plano, eu penso. *Espero que esteja pronto pra isso.*

— Vaaamos! — Globlet resmunga. — Chega de perder tempo!

— Um segundo — peço e olho para o Neon. Ele salta. — Neon... — começo. — Quero que você dê a volta por trás e apenas *espere*. Não faça nada. Você já passou por coisas demais. Mas se as coisas ficarem ruins, quero que você *corra*. Entendeu? Corra pra longe, rápido e não olha pra trás.

Ainda não estou totalmente certa do que o Neon entende e o que ele não entende, mas quando eu digo, "corra", ele abana o rabo. Acho que é o suficiente.

— Então, te vejo quando tudo acabar — digo.

Com isso, Neon sai correndo e Globlet e eu voltamos a observar a festa no décimo oitavo buraco.

E logo acontece.

Uma pequena figura vem gingando por uma ponte levadiça de madeira do décimo sétimo buraco.

É Johnny Steve. E, assim como planejamos, ele está usando o capacete do Senhor Geladinho. Ele conseguiu pegá-lo do caminhão de sorvete!

Ele passa por baixo dos Rifters, acenando e gritando.

— Olá! Olá! Acabei de vagar por uma terra de ninguém e adoraria um pouco de líquido quente e um aperto de mão!

— Como ele enxerga com aquela coisa? — eu me pergunto em voz alta.

Então recebo a minha resposta... ele não enxerga. Pelo menos, não muito bem. Porque em seguida ele tropeça, sua espada-bengala fica presa na grade, ele dá uma cambalhota na ponte, bate no gramado e, depois, a máquina de karaokê esmaga o seu pé...

> Qual é a desses humanos? Né? Né?

Os Rifters explodem em gargalhadas. Eu observo o Chefão Rifter... ele leva um pouco mais de tempo, mas finalmente ri também. Johnny Steve começa uma serenata para os Rifters com "fatos" humanos.

— ... e isso não é tudo o que você precisa saber sobre os humanos! Aqui vem mais: eles bebem água. ÁGUA! Já pensou nisso? E eles têm unhas. Agora, levanta a mão se você já roeu uma unha...

Johnny Steve arrebatou os Rifters!

— Vamos lá, Globlet — digo. — Agora é a hora.

A gente dá a volta pela parte traseira do campo de golfe. O disfarce de armadura está funcionando, nenhum dos Rifters sequer se virou para olhar para mim. Seus olhos estão grudados no Show de Um Homem (Monstro?) Só do Johnny Steve.

Vindo pela parte de trás da caverna da cachoeira, vejo a cauda do crocodilo. A enorme armadura de ombro do Chefão Rifter brilha à luz do sol. Subo com cuidado o pequeno morro inclinado de feltro verde. Quando chego perto do trono, reúno a minha coragem, me inclino para frente e solto o meu rosnado mais vil.

— Ei, hã, chefe. Que show, hein?

O Chefão Rifter vira para trás e olha para mim, *para o Flunk*, bem na armadura facial.

Eu ouço Globlet no meu ouvido.

— June, ele está com a Arma! — ela sussurra. — Vou roubar de volta...

Sinto a Globlet deslizando pela armadura, mas mantenho a atenção no Chefão Rifter.

— Esse cara — o Chefão fala, gesticulando na direção do Johnny Steve. — Esse cara me faz rir.

Concordo com a cabeça, pensando, ótimo, ele adorou o show. Grande fã de comédia ruim. Ele está alegre e distraído, agora só preciso fazer com que ele fale.

— Ei, chefe — digo, mantendo a minha voz um rosnado. — Tive uma ideia, a gente devia jogar aquele cara com a cabeça de sorvete num saco de estopa e levar ele com a gente na viagem!

O Chefão Rifter sorri. Em seguida, começa a rir. Então vem uma gargalhada completa!

— Adorei — ele diz, me dando um tapinha no ombro. — Vamos fazer isso, Flunk! Vamos jogar ele num saco de estopa! QUEM TEM UM SACO DE ESTOPA?

Cada um dos Rifters fica em silêncio na hora. Todos olham ansiosos para o Chefão Rifter. Parece que nenhum deles tem um saco de estopa.

— Vou pegar um! — digo, sorrindo. Agora tenho o que preciso. — Vamos precisar de entretenimento nessa longa jornada, né? SUPER longa jornada. Ei, só pra eu saber, quão longa, exatamente?

O Chefão Rifter recupera o fôlego.

— Metade do caminho dessa terra enorme. Talvez mais.

Informações úteis, penso. *Estou progredindo.*

— Essa viagem toda e nem mesmo vamos conseguir ver o Thrull — ele diz com um suspiro. — É apenas o Posto Avançado. Então vamos descobrir *onde* o Thrull tá.

Eu engulo em seco. *QUÊ?*

Minha mente está acelerando. O Chefão Rifter nem sabe onde o Thrull está!

Globlet sussurra:

— Pronto, vamos fugir enquanto ainda podemos! O que mais você precisa?

Não, eu penso. *Eu já vim até aqui.* E a repórter em mim não está totalmente satisfeito. Esta entrevista NÃO acabou. Preciso saber mais sobre esse Posto Avançado.

Mas o Chefão Rifter está desconfiado. Praticamente consigo ver as engrenagens girando. Ele olha para o clube e então de volta para mim.

— Espera um segundo... Flunk, eu disse pra você guardar...

— A humana? — digo, abrindo o meu visor facial. Sorrio para o Chefão. — Não se preocupa, tô bem aqui. E isso aqui também...

Globlet anda pelo meu ombro e levanta a Arma.

— Isso mesmo — ela cantarola. — Eu sou uma pequena borrachuda batedora de carteiras!

Ele faz uma careta.

— Meu bando todo tá aqui. E a qualquer segundo...

Ah, vou ter partido antes, uma boa repórter sabe quando terminar a entrevista.
Agora, **fale**!
Onde é o Posto Avançado?

Ele sacode a cabeça.

— Você é durona, garota humana.

— Você ainda nem viu o quanto. Agora, me diga...

Então... eu meio que nem consigo acreditar, mas ele começa a me contar. Ele está prestes a contar tudo. Então, de repente, lá de baixo vem...

— A PRISIONEIRA HUMANA ROUBOU AS MINHAS CALÇAS! E TAMBÉM ESCAPOU!

É o Flunk... saindo da sede do clube.

Globlet franze a testa.

— Ele está mesmo bravo por causa das calças, hein?

E aquela *pergunta muito idiota* reverbera, soando nos meus ouvidos, enquanto o Chefão Rifter estende a mão, me agarrando pela armadura, fazendo o capacete bater contra os meus ouvidos.

Com um grande *impulso*, o Chefão Rifter me *arremessa* para a beira da cachoeira! Meu pé empurra Globlet no caminho, e então estamos batendo na grama com um ensurdecedor e estilhaçante...

KA-KRUNCH!

Meu capacete voa. A armadura explode. As pernas-de-pau de taco de golfe quebram. Caindo de ponta-cabeça, bato no Johnny Steve e a sua máscara pula da sua cabeça.

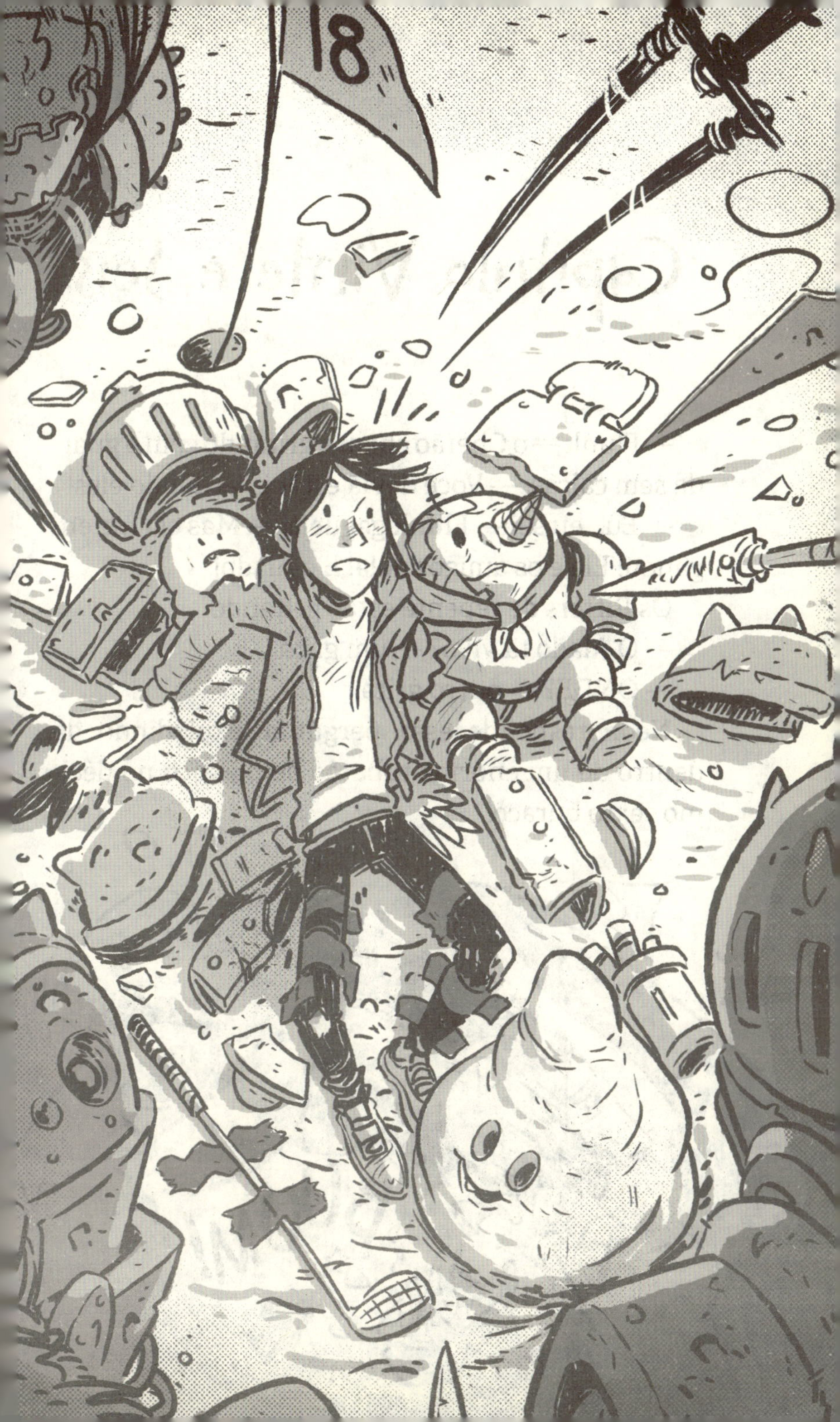
18

Capítulo Vinte e Seis

— Flunk — o Chefão chama, gritando com o guarda sem calças. — Você devia estar guardando eles!

— Eu... eu sei — Flunk gagueja. — Mas ela me enganou! Ela e os amigos dela! E o Alado!

Os Rifters de repente estão gritando.

— O Alado tá vivo? — um grita.

— ONDE? — outro grita.

Neon responde essa pergunta, explodindo de dentro de um enorme tubarão de plástico no décimo sexto buraco.

Ele vem caindo bem ao nosso lado, com as garras batendo no gramado.

O Chefão Rifter franze a testa e pula da saliência da cachoeira. Ele atinge o gramado... e o chão estremece.

— Perfeito — ele zomba. — Vamos levar pro Thrull a vingança *e* o Alado dele...

Neon rosna. Esses são os idiotas que o torturaram, perseguiram e me sequestraram, a amiga dele.

Neon não vai cair sem luta.

Ele ruge.

E seu rugido, geralmente suave e fofo, é alto. Eu acho muito *uau*, que momento perfeito para ele crescer e rugir! Ele é como o Simba! Mas então percebo que é o microfone do karaokê, transformando o seu *RUGIDO* em um...

GGRRRRRR!

Johnny Steve pressionou o microfone na garganta do Neon. O som é tão épico que os Rifters dão um salto para trás. Eu fico arrepiada. É como se o Neon estivesse proclamando ter a propriedade sobre a sede dos Rifters e tudo nela.

O Chefão Rifter dá um passo para trás. Ele deve estar pensando que o bebê de repente cresceu e virou um *Alado adulto*. E isso é um negócio assustador, com ou sem asas.

— Rápido! — O Chefão diz, apontando para dois Rifters atrás de todos. — Desamarrem os Ogros! Tragam eles aqui!

Os dois Rifters correm, parecendo muito felizes por ter uma missão que os afasta do Alado feroz. Eles estão soltando as bestas de carga. Eu vejo isso claramente, porque eles são iluminados por uma luz brilhante repentina, quase como faróis a distância.

Eu engulo em seco. Ah não. Rifters de apoio? Mas não. Espera. São faróis mesmo.

E então ouço uma nova voz. Que surge do nada. Da barriga do Neon...

Globlet grita:

— O NEON COMEU O JACK!

Eu penso em algo diferente.

Demoro uma fração de segundo para perceber o que está acontecendo...

Neon comeu o *rádio*! E o rádio está funcionando de novo?

— Jack! — grito, pressionando minha cabeça na barriga do Neon. — Você pode me ouvir!

— Sim, amiga! — Agora é a voz do Quint. — Você entrou no alcance do rádio horas atrás! Estamos rastreando você e tentando falar com você desde então. Mas VOCÊ não conseguia ouvir a gente!

— Mas agora consigo! — eu digo. — Johnny Steve, coloca o microfone no Neon!

Há uma longa pausa, antes de...

— Quem é Johnny Steve? O que é Neon?

Antes que eu possa responder...

KA-KLANG!

Há um estrondo de metal, e o portão que fecha o campo de golfe SE abre! Em seguida, vem o som de uma música de filme de ação explodindo e, de repente, a Big Mama está lá, arrebentando a placa do minigolfe e agora os meus amigos estão entrando em ação...

Yippie Ki-Yay!
mais a Vingança!
BUU
Tão se sentindo com sorte, punks?
E aí? Estão?
... com sorte?
Hasta la vista, baby!

Big Mama bate no gramado, pousando num canhão de plástico de um navio pirata. A grama verde se despedaça enquanto o carro gira e desliza até parar.

— Eu ia dizer que estamos aqui pra ajudar — Jack fala. — Mas parece que você tá com tudo sob controle.

— Eu nunca recuso a ajuda dos meus amigos — respondo. — Vamos acabar com isso.

Big Mama é cercada por carros dirigidos por Skaelka, Grandão e os outros monstros da Pizza do Joe. Até o Rover está aqui!

— É hora do machado! — Skaelka grita alegremente, perseguindo o Rifter mais próximo, que grita de medo e foge, pulando uma cerca.

Um Rifter corre na direção do Jack, que o ataca com seu Fatiador. Agora estamos *todos* na luta. Cinco Rifters atacam o Dirk, mas...

KRAK!

O Grandão lança os vilões girando pelo ar com um tapa enorme.

Eu giro, observando a ação...

É uma batalha total de Rifters contra todos os outros! Os Rifters têm vantagem numérica, mas temos os nossos aliados monstros, as nossas novas armaduras poderosas e sabemos como lutar *em equipe*.

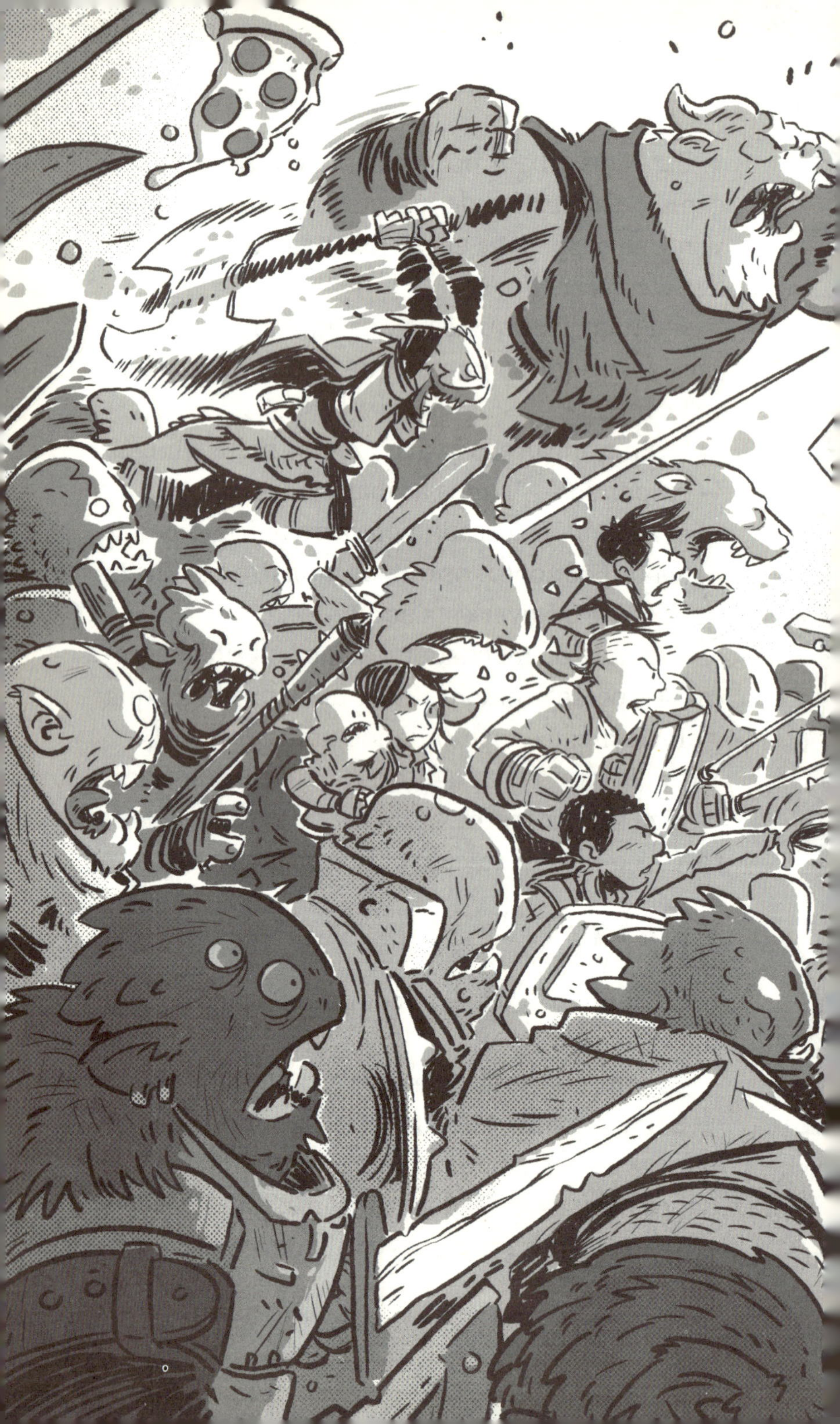

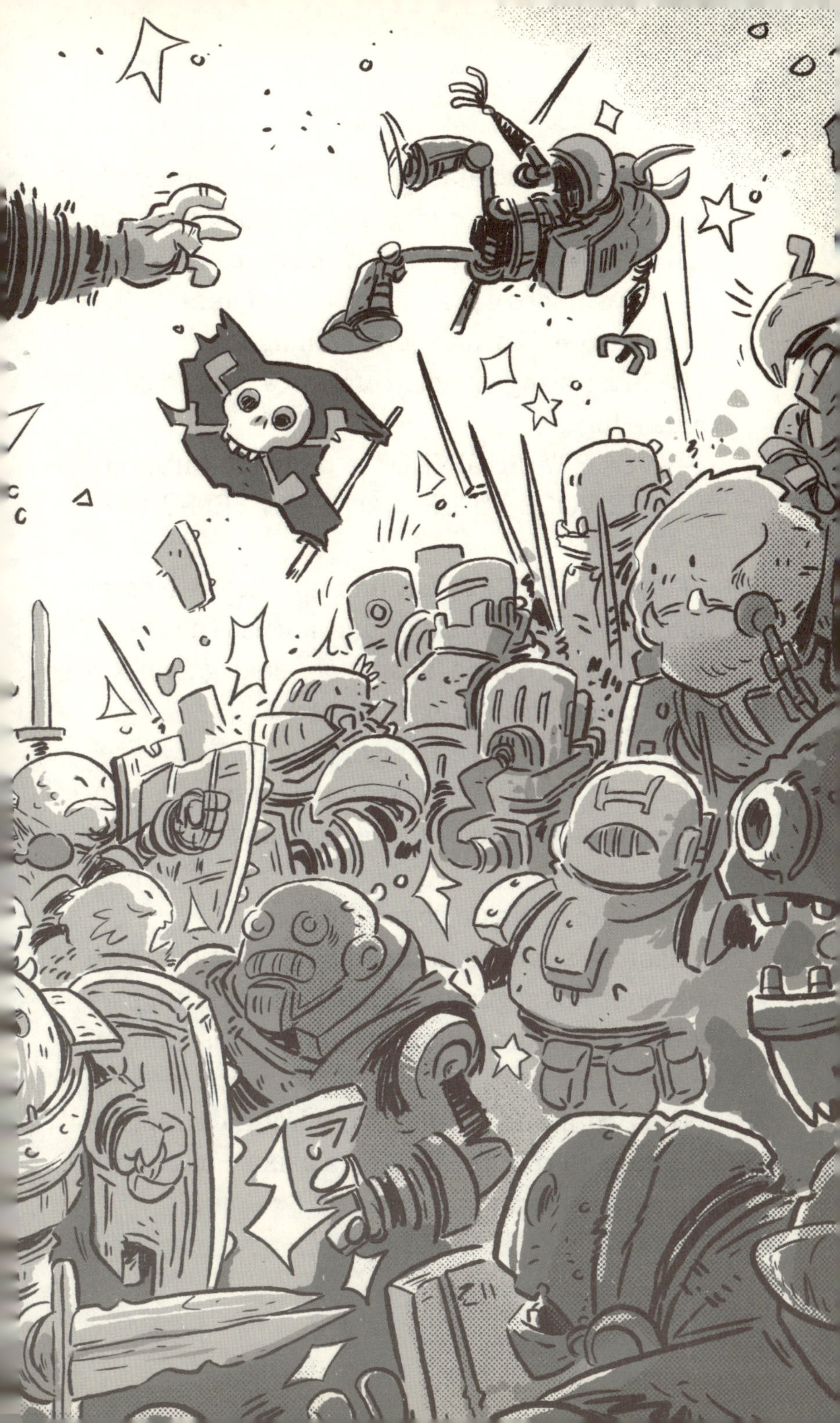

— Escudos levantados! — Jack grita enquanto agarra um Rifter pequeno e apressado com a sua mão de polvo e o *arremessa* na direção do Quint.

— Levantados e pra cima deles! — Quint diz, balançando o seu escudo para o inimigo.

O Rifter atinge o solo com força... então se levanta e foge.

— VOCÊ TÁ FUGINDO? — o Chefão Rifter grita. — SE VOCÊ FUGIR, NÃO SERÁ BEM-VINDO DE VOLTA!

Eu giro O CORPO, focando no Chefão. Nossos olhos se encontram. Ele vê que as coisas não estão indo como ele queria. Rosnando, ele pega um Rifter e o arremessa em mim, mas erra.

Num flash, Neon está ao meu lado.

Estendo a mão na direção dele e toco as protuberâncias onde ele já teve asas, mas agora tem a armadura.

E ele não se afasta do meu toque.

Neon se apoia na minha mão e é como se estivéssemos nos segurando de pé. Olhamos um para o outro e vejo medo nos seus olhos. Mas também vejo confiança.

Uma confiança tremenda, porque de repente ele gira para trás, se lança para baixo e usa o focinho para me jogar para cima, e...

— Estou montando um Alado — grito enquanto me seguro firme na borda da armadura. Não consigo evitar de gritar pros meus amigos: — Pessoal! Estou *montando um Alado*!

— Bem como o George Washington, na batalha de Marte! — Johnny Steve exclama. Ele está com um taco de golfe numa das mãos e sua espada-bengala na outra, e as está girando como um especialista em espadas.

Um Rifter nos ataca com uma lâmina pesada, mas o Neon gira, o joga para o lado, então desvia de outro Rifter e dá um salto voador para a ponte de corda onde Johnny Steve estava fazendo a sua performance com as espadas.

— Neon! — eu grito. — Você é incrível!

— DUPLAMENTE INCRÍVEL!

Olho para o lado e vejo a Globlet no meu ombro.

— Ah, oi, companheira montadora de Alado!

— Isso está me deixando enjoada — Globlet diz — E EU TÔ AMANDO!

Eu apenas rio.

Neon para por um momento, olhando o campo de minigolfe que foi transformado em campo de batalha, e as dezenas de Rifters espalhados. Depois de um momento, ele solta um tremendo e triunfante...

— **RAWWWR!**

Ele perdeu as asas, a casa e a família. Foi perseguido por toda a cidade pelos bandidos que querem entregá-lo para o Thrull.

Mas ele não está derrotado.

De jeito nenhum.

— Neon — digo, me inclinando para frente. — Vamos encontrar aquele Chefão Rifter. Está na hora.

Eu sinto os lados do Neon se expandirem quando ele respira fundo, e então ele dispara para frente.

— Isso — Globlet grita, agarrando o meu ombro. Seguimos pela cachoeira e entramos na caverna. Um Rifter está esperando pela gente quando saímos do outro lado. Seu Ogro se lança sobre a gente, mas o Neon passa entre suas pernas grossas e desajeitadas.

Eu aplico um pouco de pressão no Neon com a minha perna esquerda, e ele instintivamente sabe que estou pedindo para ele virar. O Alado ganha velocidade quando nos aproximamos de uma caixa de bolas de golfe coloridas.

— Me joga! — Globlet diz, e eu a lanço para dentro da caixa, a derrubando de lado.

Eu me viro para assistir com satisfação quando um par de Rifters escorrega, tropeça e cai.

Procuro o Chefão Rifter.

Finalmente, eu o vejo e grito:

— *LÁ!*

O Chefão Rifter está escalando o obstáculo do quinto buraco. É um daqueles em que você tem que acertar a bola com muita força para chegar no topo, porque senão ela vem rolando de volta na sua direção e leva cerca de quinze tacadas e, uma hora, você desiste e apenas COLOCA a bola no buraco, porque as leis da gravidade simplesmente não jogam limpo.

Mas o Neon chega no topo com apenas alguns passos largos. De lá, vejo o Chefão Rifter pulando numa longa escada de corda e deslizando para o nível inferior do campo.

— Ele tá tentando fugir! — Globlet grita.

— Não vou deixar — digo.

Neon rosna baixinho, e tenho certeza de que essa é a versão dele de "Não vou deixar".

Ele ataca.

Com um salto.

E por um momento...

Um longo momento...

Neon ESTÁ voando.

Montei um Alado no
Diversão em Alto-mar!

O primeiro buraco, um enorme navio pirata de madeira, quase desmorona quando pulamos no Chefão Rifter.

Neon e Globlet caem do convés para o gramado abaixo. Sou jogada na madeira áspera e podre. As trepadeiras o torceram e quebraram, assim a parte da frente se projeta como uma prancha.

Tento ficar de pé, mas é o Chefão Rifter quem se levanta primeiro.

OLHA QUEM TÁ AQUI SOZINHA. SEUS AMIGOS NÃO VÃO TE AJUDAR AGORA.

Quase gargalho, porque ele não poderia estar mais errado.

Eu não estou sozinha.

E se ele acha que pode me assustar dizendo isso, então ele não conhece a June Del Toro. Meus amigos estão sempre comigo, me ajudando, mesmo quando estão a quilômetros e quilômetros de distância.

— Onde é o Posto Avançado!? — exijo saber.

Ele balança a cabeça.

— Por que eu deveria te contar?

— Porque os meus amigos e eu vamos encontrar o Thrull. É só uma questão de tempo. E quando isso acontecer, vou ter que decidir o que dizer pra ele.

— Do que você tá falando? — o Chefão Rifter pergunta.

— Você sabe — digo com um encolher de ombros frio. — Devo mencionar o nome do Rifter que me revelou que esse Posto Avançado existia? O Rifter que não conseguiu lutar contra um único Alado?

O Chefão estreita os olhos para mim. Ele não tinha pensado nisso.

— Ou... — continuo. — Eu me esqueço completamente de você...?

— Você não saberia como encontrar, mesmo se eu te contasse. Não é um lugar pra humanos. — E ele diz "humanos" como se fosse um palavrão.

Ele está avançando, e eu pego a Arma. As coisas estão prestes a ficar feias, quando...

— JUNE! JUNE!

É a Globlet, gritando aterrorizada. Olho para o lado do navio, para o gramado abaixo da gente, e vejo...

O Ogro do Chefão. Ele prendeu o Neon e o está pressionando *contra o chão*.

— Diga pra ele parar! — eu rosno. — Agora.

— Não pense que vou fazer isso... — o Chefão fala.

Estou *muito* perto de saber o que preciso, de obter as informações que vão levar a gente até o Thrull, a Torre e *deter* o Ṛeżżőcħ.

Eu tenho que fazer uma escolha. Obter as informações de que preciso. Ou impedir o Ogro de *esmagar* o Neon.

Eu tomo a minha decisão.

E num flash...

Coloco a Arma no meu pulso e atiro. Dois foguetes guincham no ar e...

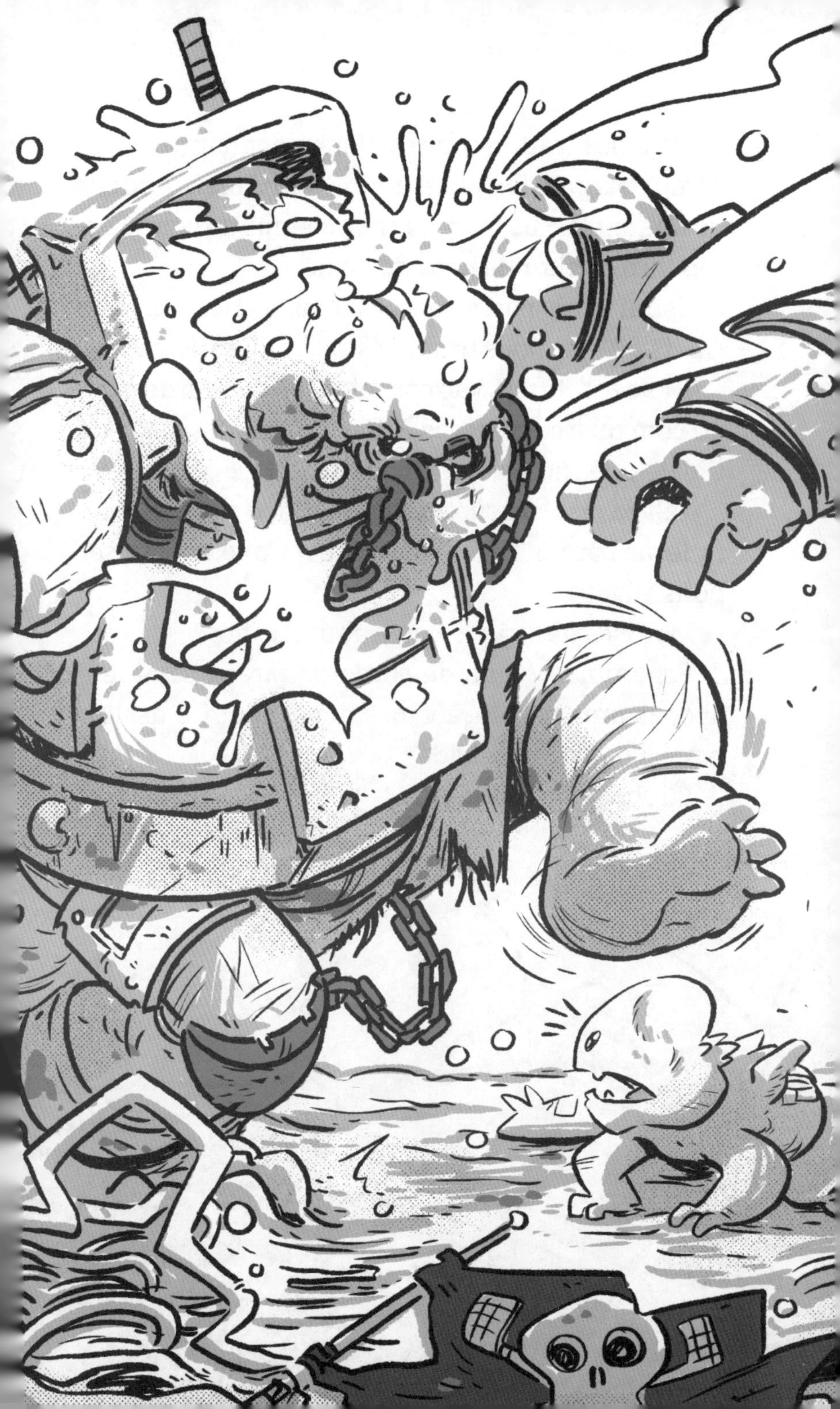

O navio pirata sacode e balança, enquanto o Ogro cambaleia para longe, uivando. Não há mais vontade de lutar nele. Eu giro para trás a tempo de ver o Chefão Rifter *saltar* da proa do navio.

Estou num passo lento demais e fico vendo o Chefão Rifter pousar nas costas do Ogro. Fugindo.

E os seus Rifters vão com ele. Ogros saem do campo com quatro ou cinco Rifters agarrados em cada um deles para salvarem suas vidas.

Talvez eles procurem algum outro presente para levar para o Thrull, para provar que podem ser bons aliados.

Mas eles não vão levar nenhum de nós.

Pego uma bobina de corda de pirata, sei que é apenas uma decoração, mas me aguenta, e deslizo por ela para o gramado.

Eu sorrio quando vejo...

Neon deita de barriga pra baixo. Suavemente, esfrego a sua armadura protetora. E ele sorri.

Eu sinto que estou numa equipe. E é uma sensação muito boa.

Eu *consigo* ir sozinha. Afinal, cheguei até aqui. Mas é muito mais divertido lutar contra o mal com os meus amigos ao meu lado. Quer dizer, é para isso que servem os amigos!

Capítulo Vinte e Sete

SKAELKA PRECISAVA MUITO DESSA LUTA! ESTAVA ENTEDIADA E O MEU MACHADO SEDENTO!

Estou no quinto saco de balas que o Jack trouxe, porque ele imaginou que eu estaria com fome. E eu estava.

— Pessoal, este pode ser o nosso novo quartel general? — Dirk pergunta, olhando em volta. — Eu gosto dos crânios. Gosto dos ossos cruzados. Gosto dessa coisa toda.

Eu balancei a cabeça.

— Não mesmo. Por favor.

Quint arranca uma bala azul das minhas mãos.

— June, da próxima vez que você decidir se perder, você poderia, *por favor*, manter o controle do seu rádio? Eu tive que ouvir horas do estranho estômago do Alado roncando antes de identificar a sua localização.

Dou risada.

— Não me surpreende. A dieta do Neon é, bem, dizer incomum seria pegar leve.

Todos eles olham para o Neon. Ele está mordendo o cabo de um machado de Rifter como se fosse um osso. Meus amigos olham para ele com cautela.

— E você tem certeza que ele não é mau? — Jack pergunta novamente. — Tipo... CERTEZA absoluta?

— Tenho certeza.

— Não estou preocupado — Dirk fala. — Vejam, o Rover adora o cara brilhante. Eles já são amigos de golfe.

É verdade. Agora o Rover e o Neon estão pulando e brincando no buraco dezoito como se fossem velhos amigos.

— Ei, Jack — digo já sorrindo. — Você ajudou o Quint com o rádio e o mapa?

— Eu? — ele pergunta. Então enfia as mãos nos bolsos e parece envergonhado. — Não, não, claro que não. Eu estava, tipo, observando as estrelas.

— Cara — falo —, você é o *pior* mentiroso.

— Ele estava pirando o tempo todo — Dirk conta.

— De jeito nenhum! — Jack protesta. — Eu fiquei muito tranquilo. Muito calmo. Eu disse: sabe a June? Ela vai ficar bem sozinha. Talvez ela volte algum dia, talvez não, sem problema.

— É mesmo? — pergunto, levantando as minhas sobrancelhas.

— Bem isso — ele afirma com um encolher de ombros. — É claro que, tipo, eu estava *meio* nervoso.

Nervoso médio. Tipo, um quatro numa escala de um a dez.

Dirk explode em gargalhada.

— Meio nervoso! — ele uiva. — Ah, cara. Ele quase teve um filho! Ele diz que era um quatro. Você devia ter visto ele...

— Onde ela pode estar? Eu SEI que ela pode cuidar de si mesma, mas ela não devia TER que fazer isso, porque a gente é uma equipe e o objetivo de ser uma equipe é lidarmos com as coisas juntos, tipo daquela vez que todos comemos uma pizza JUNTOS, cada um segurando um lado e depois comendo rápido para ver quem alcançaria o meio primeiro e todos os nossos narizes se tocaram de uma vez e a gente riu muito. NÃO ESTOU RINDO AGORA, porque June está em GRANDE PERIGO e...

— Respira, Jack.

Jack fica vermelho. Seu rosto está praticamente um pimentão.

— Eu sabia que você ficaria bem aqui sozinha, *de verdade*. Eu só... você sabe. Eu não tinha certeza de que *a gente* ficaria bem sem você.

— Ficaríamos todos bem por conta própria — digo. — Mas somos melhores juntos. Como manteiga de amendoim e cobertura de marshmallow.

Estou tentando encontrar um segundo livro para contar para os meus amigos as coisas que aprendi sobre o Thrull e o que o Chefão Rifter revelou sobre o Posto Avançado, mas a Globlet e o Johnny Steve estão meio que dominando a conversa. Eles estão brindando a todos com a história da sua jornada épica e exagerando tudo.

— Dá pra virar filme!

— Venci dezessete Rifters só com as mãos. Claro, só luto desse jeito.

Quando o sol nasce, começamos a jornada de volta pra casa. Vamos na Big Mama a maior parte do caminho, mas então o Neon começa a ficar inquieto no banco de trás, e Skaelka continua nos importunando para dirigir, então deixamos os monstros pegarem um pouco a picape.

E nós caminhamos.

Ninguém pergunta onde Neon vai ficar... Comigo? Com o Rover? Eu nem tenho certeza. Estou pensando sobre isso quando o Johnny Steve anuncia:

— Bem, gente humana... agora eu devo partir.

— Opa, o quê? — pergunto, parando no meio do caminho. — Você não vai mesmo embora, né?

Ele faz que sim com a cabeça.

— Tenho negócios lá fora, nas terras inexploradas. Devo encontrar um monstro. Nossa reunião está muito atrasada...

— Reunião? — Globlet exclama. — EU AMO REUNIÕES!

— Que tipo de negócio? — Jack pergunta.

— Infelizmente, não posso dizer — Johnny Steve afirma. — Mas eu prometo que o Neon e eu vamos fazer uma boa companhia um para o outro.

— Espera aí — digo. Eu olho do Neon para o Johnny Steve e de volta para o Neon. — O Neon vai com você?

— Ele também tem negócios para resolver — Johnny Steve continua, dando um tapinha nas costas do Neon.

Depois de tudo isso. Depois de tudo que passamos, eles vão simplesmente pegar suas coisas e ir embora?

Eu me agacho ao lado do Neon.

— Você não tem que ir, sabe disso, né?— digo para ele, minha voz embargada.

Mas então o Neon coloca algo na minha cabeça. *Uma última visão.* É como um replay do que aconteceu horas antes.

Sou eu, deixando o Chefão Rifter escapar para conseguir salvar o Neon. Fiz o sacrifício de *não saber* a localização do Posto Avançado para que ele conseguisse fugir.

E é como se o Neon estivesse dizendo que ele quer me recompensar.

Deslizo a mão nas suas costas, prestes a dizer que ele não me deve nada. Mas então me lembro de algo que Bardle disse uma vez. Alguns monstros estão do lado do bem, dispostos a fazer os seus próprios sacrifícios para derrotar o Ṛeżžőcħ.

Neon é meu amigo, mas algo está chamando por ele. Algo de que não posso fazer parte. Sua própria aventura, talvez. E, desta vez, terá amigos esperando por ele quando chegar em casa.

Então eu só fico lá parada e vejo o Neon e o Johnny Steve se preparando para partir.

— Eu odeio dizer adeus — digo para ele. — Então, só vou dizer: te vejo no próximo fim de semana. Isso é o que eu costumava dizer pros meus primos quando a gente ia embora da casa deles depois de uma festa do pijama. Torna as coisas mais fáceis.

> Certo, amigo? Te vejo no próximo fim de semana.

PPRRRRR...

Um sorriso cresce no rosto do Neon e depois fica ainda maior quando Johnny Steve sobe nas suas costas, usando a armadura protetora que dei para o Neon como sela.

Continuamos a nossa caminhada pela trilha. Logo, Neon e Johnny Steve estão virando para a esquerda.

Eu olho para frente, porque as lágrimas estão crescendo e isso é tudo que posso fazer para impedi-las.

E então ouço as patas do Neon pisando nas pedras ao lado dos trilhos. Não ousando dar outra olhada, eu aceno enquanto eles vão embora.

Quando entramos novamente em Wakefield, tudo parece um pouco diferente. Um pouco menor.

A casa da árvore está lá, com a mesma aparência de sempre.

Esta noite, estou ansiosa para sair, jogar Banco Imobiliário e apenas aproveitar as coisas voltando ao normal.

Mas, no fundo, sei que as coisas não vão ficar normais por muito tempo. Não mais.

— Pessoal — falo, finalmente pronta para compartilhar as minhas grandes novidades. — Eu descobri algo. Sobre o Thrull. Existe uma maneira de encontrar ele. Um lugar para onde devemos ir. Um Posto Avançado, em algum lugar... bem ali, na terra desolada...

Jack se vira para mim.

— Você tá dizendo que...

A gente não vai ficar em Wakefield por muito tempo.

Estamos perto de descobrir onde ele está. Isso quer dizer que, em breve, vamos viajar...

Agradecimentos

Como sempre, o maior agradecimento possível a Douglas Holgate por dar às minhas anotações vagas e ideias imprecisas uma vida bela, deslumbrante e monstruosa. Leila Sales, minha editora inabalável, não tenho como agradecer o suficiente. Jim Hoover por projetar, projetar, reprojetar e depois projetar um pouco mais. Você é incrível. Bridget Hartzler, minha assessora de imprensa que sempre chega chegando, você é demais. À Abigail Powers, Krista Ahlberg e Marinda Valenti, obrigado por manter a série livre de erros de digitação.

Erin Berger, Emily Romero, Carmela Iaria, Christina Colangelo, Felicity Vallence, Kim Ryan e todos os outros nos departamentos de marketing e divulgação da Viking, obrigado por acreditarem nesta série e por levá-la a dar sempre um passo além, repetidamente. E nem é preciso dizer: Ken Wright, por tudo. Robin Hoffman e todo o pessoal da Scholastic, pelo seu apoio sem fim. Dan Lazar, da Writers House, por tantas coisas que nem consigo listá-las. Cecilia de la Campa e James Munro, por ajudar

Jack, June, Quint e Dirk a viajar pelo mundo. Torie Doherty-Munro, por sempre ter sido paciente e atender minhas ligações irritantes! E à Addison Duffy e Kassie Evashevski, por ajudarem a levar isso além. Matt Berkowitz, obrigado por suas intermináveis anotações, pensamentos e por ler e reler quando você já tem muitas outras e melhores leituras para fazer.

    E obrigado à minha família maravilhosa: Alyse e Lila, vocês fazem tudo valer a pena.

MAX BRALLIER!

© Ruby Brallier

(maxbrallier.com) é autor de mais de trinta livros e jogos. Ele escreve livros infantis e livros para adultos, incluindo a série *Salsichas Galácticas*. Também escreve conteúdo para licenças, incluindo *Hora da Aventura*, *Apenas um Show*, *Steven Universe*, *Titio Avô*, e *Poptropica*.

Sob o pseudônimo de Jack Chabert, ele é o criador e autor da série *Eerie Elementary*, da Scholastic Books, além de autor da graphic novel best-seller número 1 do *New York Times: Poptropica: Book 1: Mystery of the Map*. Nos velhos tempos, ele trabalhava no departamento de marketing da St. Martin's Press. Max vive em Nova York com sua esposa, Alyse, que é boa demais para ele. E sua filha, Lila, é simplesmente a melhor.

Siga Max no Twitter @MaxBrallier.

O autor construindo sua própria casa na árvore quando criança.

DOUGLAS HOLGATE!

(skullduggery.com.au) é um artista e ilustrador freelancer de quadrinhos, baseado em Melbourne, na Austrália, há mais de dez anos. Ele ilustrou livros para editoras como HarperCollins, Penguin Random House, Hachette e Simon & Schuster, incluindo a série *Planet Tad*, *Cheesie Mack*, *Case File 13* e *Zoo Sleepover*.

Douglas ilustrou quadrinhos para Image, Dynamite Abrams e Penguin Random House. Atualmente está trabalhando na série autopublicada *Maralinga*, que recebeu financiamento da Sociedade Australiana de Autores e do Conselho Vitoriano de Artes, além da graphic novel *Clem Hetherington and the Ironwood Race*, publicada pela Scholastic Graphix, ambas cocriadas com a escritora Jen Breach.

Siga Douglas no Twitter @douglasbot.

Jack Sullivan, June Del Toro, Quint Baker, Dirk Savage, Rover, e um montão de monstros retornarão no próximo livro.

CONFIRA OUTROS LIVROS DA SAGA!

Acesse o site www.faroeditorial.com.br

e conheça todos os livros da série.

ASSINE NOSSA NEWSLETTER E RECEBA INFORMAÇÕES DE TODOS OS LANÇAMENTOS

www.faroeditorial.com.br

ESTA OBRA FOI IMPRESSA EM OUTUBRO DE 2021